I VATTENBRYNET

ANDERS B.O. JONSSON

I VATTENBRYNET

I vattenbrynet

© Anders B.O. Jonsson

2: a upplagan, 2017

ISBN 9789176996508

Förlag: BoD – Books on Demand, Stockholm, Sverige

Tryck: BoD – Books on Demand, Norderstedt, Tyskland

Omslagsfoto: Fotografirätt och © Sören Colbing

Omslag design: Mix Grafiska AB

En kriminalroman i skärgårdsmiljö med spänning, humor och bestämda åsikter. Kriminalkommissarie Sten Strand och hans team utreder grova brott i Nynäshamn.

Anders B.O. Jonsson

Innehållsförteckning

Del 1

Nynäsviken

Kapitel 1

Midsommardagen, lördagen den 25 juni.

Han vaknade för en gång skull utvilad och pigg. Det hade varit en tuff vår med mycket utredningsarbete, ofta tråkigt och monotont. En veckas semester i skärgården, avslutad med en lugn Midsommarafton ensam på en klippa, hade gjort susen.

Kriminalkommissarie Strand såg nu fram emot en skön lördag tillsammans med sin dotter Malin som skulle komma från Stockholm för att hälsa på pappa i skärgårdstaden Nynäshamn.

Samtidigt gick Ulrika ner till vattnet för sitt morgondopp i det ljumma och helt stilla vattnet. Småstenarna var ganska hala och lite vassa, men med sina badskor hade hon inga problem att ta sig genom luckan i vassen och komma ut på djupt vatten. Doppade huvudet, lade sig på rygg och flöt stilla med ansiktet mot den tidiga solen.

Då kände hon vänsterarmen röra vid något mjukt och när hon tittade dithän såg hon rakt in i ett par tomma ögon. Paniken kom och hon höll på att sjunka, såg hon verkligen det hon trodde, en död person som flöt omkring i hennes vackra badvik.

Hon blundade, satte ner fötterna på botten, rörde armarna för att få balans. Sen vågade hon titta igen men kunde inte hålla kvar blicken särskilt länge på den döda kroppen.

Ulrika skyndade sig upp ur badet och sprang så fort hon orkade uppför backen, för att med andan i halsen ropa till Henrik, hennes man, att det låg en döing nere i deras vik.

Det är otäckt med drunkningsolyckor, men de händer varje år.

Oftast är den som drunknar alkoholpåverkad, tänkte Ulrika samtidigt som Henrik ringde till polisen.

Det sköna frukostkaffet som smakar allra bäst efter ett morgondopp, med tidningen på altanen, skulle nog inte bli av i dag.

Eftersom det skulle ta polisen minst trettio minuter att komma till Nynäshamn denna lördagsmorgon kontaktade de Sjöräddningen som alltid är på alerten. De skickade en båt till viken och var framme på tio minuter.

Ulrika tog av sig den våta baddräkten och klädde på sig shorts och en t-shirt för att gå ner och möta sjöräddningen och visa var hon såg den drunknade personen, en man, troligen, men hon var inte säker på det.

Henrik följde inte med, han hade för ont i sin höft för att kunna gå ner till sjön. Men han såg att grannens barn var på väg ner för att bada så han ropade till dem att inte gå dit i dag, vilket innebar att hela gatan snart visste om vad som hade hänt. Nu var det väl bara en tidsfråga innan Nynäsposten fick nys om detta och kommer hit för att lägga ut "storyn" på sin hemsida.

Stefan Glans, som är volontär i Sjöräddningssällskapet, hoppade direkt i vattnet och kunde snabbt konstatera att det var en medelålders man som var avliden och att inga upplivningsförsök kunde ändra på det. Eftersom det var lugnt väder lät han mannen ligga kvar i vattnet tills polisen kommer på plats. Det var inte hans uppgift att säkra av området eller försöka sig på att gissa vad som hade hänt. Hans uppgift var ju främst att undsätta folk i sjönöd och att rädda liv.

Innan polisen hade kommit på plats, hade en ambulans anlänt till vändplanen utanför Ulrikas och Henriks hus. Henrik visade dem stigen ner och väl där nere kunde de konstatera att det inte var mycket för dem att göra innan polisen kommit och gett dem klartecken att ta med sig kroppen för identifiering och en eventuell obduktion.

Sten bredde några mackor, packade ner lite kaffe, knäckebröd och ett par Nynäsöl för säkerhets skull. Sen gick han ner till båten som ligger i en liten, fint skyddad småbåtshamn längst inne i Gröndalsviken. Det var klart fint väder och nästan vindstilla, det var skönt att passa på innan sjöbrisen tog fart. Av med kapellet och stuva in grejorna, ner med motorn, koppla in bensinen, starta och kasta loss. Äntligen på sjön och den fullkomliga avkopplingen och tid för reflektion.

Hur kan vuxna människor bli så lurade att det går inomhus och motionerar på ett gym, tänkte Sten. Vi bor ju i ett land med alla möjligheter till motion och rörelse ute i ren och frisk luft, speciellt en dag som den här. Ja, nu är det väl inte den mest krävande motionen att vara ute i en motorbåt, men man rör på sig och får sol, frisk luft och vattenstänk på köpet. Och en bira till skinkmackorna!

Efter en halvtimme kom han fram till den stora småbåtshamnen där han skulle plocka upp Malin som kommer med pendeltåget från Stockholm.

Eftersom han var tidig lade han till vid båthandlarens brygga. Han känner innehavaren väl och vet att han får ligga där en kort stund om han inte är i vägen för någon sjösättning eller båtupptagning. Sen gick han till Rökeriet för att väja ut något gott att stoppa i båtens kylväska. Eftersom det var lördag förmiddag var det fullt med folk i butiken.

Nynäshamnare, båtturister från gästhamnen och sommarboende. Allt gott fanns att köpa men Sten fastnade som vanligt för sin favorit, stekt inlagd strömming. Inget går upp mot en knäckemacka med denna utsökta delikatess!

Sten satt sig i båten och kollade in folket som rörde sig i hamnen. Så här långt var det mest båtturister, inte så många bekanta i rörelse.

Malin vet var jag brukar ligga så hon kommer nog snart hit, skall bli lika roligt som alltid att få en egen stund med henne, tänkte Sten. Unga människor är så direkta nu för tiden.

Fnutten, en beskedlig A-lagare kom förbi och hejade, de hade varit klasskompisar från ettan till nian och lekt en del tillsammans. Tyvärr gick det inte så bra för Pelle, som han egentligen heter, men en sommardag som den här kunde även han njuta av livet.

Det unnar jag honom, tänkte Sten, det är en bra kille.

Där kom Malin, glatt vinkande, fräsch och sommarklädd. När hon kom fram till båten såg Sten att hon hade någon med sig. Ny pojkvän kanske?

– Hej pappa, det här är Artur som jag kanske berättat om, han vill så gärna följa med ut på sjön, hoppas det går bra, snälla, snälla, sa hon lite forcerat. Kanske nervöst ...?

– Visst, självklart skall du följa med Artur, sa Sten, samtidigt som han försökte minnas om Malin någonsin nämnt honom.

Kanske har hon sagt det till sin mamma, jag brukar inte vara den första som får veta, tänkte han.

– Hoppas bara ni har lite extra käk med er.

– Jorå, vi har fräsch sallad med fetaost i ryggan, svarade Malin.

Tur att jag har riktig mat som skinkmackor och stekt inlagd strömming med mig, tänkte Sten, men det sade han inte för att inte stöta sig med sin dotter som alltid är mån om att äta nyttigt och sunt. Inget fel med det, men jag är nog född en generation för tidigt för att uppskatta en sådan kosthållning.

Artur hjälpte Malin med sin stora rygga samtidigt som de båda klev ombord. De kastade loss och gav sig iväg på de välkända vattnen. Här bland öar och skär hittar Sten som i sin egen bakficka. Sjökort och kompass hade han givetvis med sig men de används bara vid dåligt väder och vid dålig sikt. Även Malin hittar ganska bra och hon kan navigera efter kompass och sjökort, så om något händer Sten så klarar hon av att ta dem säkert i hamn.

14

De tuffade på ut mot en skyddad vik som gav lä mot sjöbrisen, vilken som vanligt kom från sydväst. De hittade en ledig klippa som gränsar till en liten sandstrandsplätt. Perfekt för både ankring och bad.

När de lagt till och alla hoppat i land, sa Malin att hon såg på nätet att de hittat en man drunknad i Nynäsviken, inte långt ifrån där de nu gått i land.

– Har du hört det pappa?

– Nej, och det rör ju inte mig direkt om det är en drunkningsolycka. Hoppas att det inte är något annat som ligger bakom, men då får jag väl höra det ganska snart, svarade Sten.

Även om Sten är polis och bosatt i Nynäshamn så är han stationerad i Handen och har inte heller hand om vanliga ordningsfrågor. Han är kriminalkommissarie och utreder grövre brott som misshandel, mord och narkotikahandel. Även en del organiserad brottslighet med fokus på smuggling av stulna varor till Östeuropa.

Är det något allvarligt brott som ligger bakom drunkningen i Nynäsviken så kommer mina kollegor att höra av sig ganska snart, tänkte Sten.

Det blev en skön dag på sjön och de fick tillfälle att sola, bada, vila och gå en liten upptäcktsfärd runt ön. I en vik på andra sidan ön låg Pelle och Maud, grannar och vänner sedan länge.

Där blev Sten fast en stund, de har en stor och bekväm daycruiser och kunde bjuda på ett glas iskallt, vitt vin.

De hade också hört om drunkningsolyckan, undrade om Sten visste något mer och hoppades verkligen att det inte var någon bekant. Tyvärr är det ett par tre drunkningsolyckor på en tioårsperiod.

Väl tillbaka till båten så hade redan Malin och Artur ätit av den medhavda maten och det såg ut att blir regn, så de packade ihop och for tillbaka till småbåtshamnen. Malin med *kanskepojkvännen* tog pendeln tillbaka till Stockholm och någon fest, Sten gick hem för att äta sin knäckemacka med inlagd, stekt strömming och en kall Nynäsöl till den. Han satte sig på altanen och njöt av det stilla sommarregnet i skydd av sitt gula parasoll.

Kapitel 2

Söndagen den 26 juni

Nästa dag, söndag morgon, ringde telefonen redan klockan sju. Det var Håkan som är jourhavande ordningskonstapel för Nynäshamn.

– Ursäkta om jag väcker dig så här tidigt på söndagsmorgonen, men det är en del saker som verkar konstiga med mannen som hittades drunknad i Nynäsviken i går. Har du möjlighet att träffas nu på förmiddagen så att jag kan informera dig om detta?

Jo, det hade Sten, Håkan Krok var en mycket uppskattad kollega, noggrann och skarpögd när det behövdes. De hade arbetat tillsammans med många olika fall, nu senast var det Håkan som kom på hur man bäst kunde känna igen de bilar som fraktade stulna båtmotorer och vägmaskiner till Baltikum. Det innebar att man fick fast merparten av ett gäng som opererade i Litauen och i Sverige. Både enkla tjuvar och organisatörerna bakom greps genom ett utmärkt samarbete med polisen i Lettland, Litauen och Sverige.

Efter en timme dök Håkan upp hos Sten som bjöd på fika och uppvärmda bullar.

– Nå, vad har framkommit hittills? frågade han Håkan.

– Personen är identifierad och anhöriga är informerade. Det är en 29-årig man, Magnus Sjöholm, bosatt i Nynäshamn, gift med tre barn. Han var en uppskattad person med ganska stort umgänge. Egenföretagare i byggbranschen. Han försvann troligen på fredagskvällen men fru och barn var bortresta och hälsade på svärmor i Västerås så de vet inte säkert. De ringde honom vid 10-tiden på kvällen, fick inget svar men tänkte inte så mycket på det. Sen hittades han av Ulrika Persson i vattnet nedanför Fågelgatan tidigt lördag morgon. Sjöräddning och polis kom på plats och konstaterade snabbt att han var avliden och att det var lönlöst med upplivningsförsök. Så långt, fortsatte Håkan, såg allt ut som en tragisk drunkningsolycka, men Magnus äger ingen båt och är varken fiskare eller särskilt förtjust i att bada. Dessutom hade han skor, jeans och en kortärmad sommarskjorta på sig.

– Men han kan ju ändå ha varit berusad och på väg hem längs gångvägen vid Nynäsviken fått för sig att känna på vattnet, halkat och ramlat i, fyllde Sten i.

– Jo, vi jobbar så klart efter det scenariot, kollar efter några spår längs stränderna och han är nu på obduktion, där de kollar om han hade alkohol och några andra droger i kroppen. Hoppas vi får svar i kväll.

– Men vad är då det konstiga som du har upptäckt? undrade Sten.

– Alltså, fortsatte Håkan, i fickan hade han plånbok med körkort, kreditkort och annat. Helt vanligt, alltså kan vi utesluta ett han blev rånat. Men, plånboken, tillsammans med en lapp med hans namn, ålder och bostadsadress låg väl förpackad i en vattentät plastpåse. Som om det var viktigt att

18

uppgifterna inte skulle förstöras och att de skulle upptäckas. Jag har redan frågat hans fru om han brukade gå omkring med plånbok och andra uppgifter i en vattentät plastpåse. Hon är helt klar över att hon aldrig observerat något sådant. Förresten så kan hans svärmor styrka att fru och barn kom till henne i Västerås på fredagseftermiddagen. De var även ute och åt på Burger King, vilket vi skall försöka få styrkt. Sen åkte de givetvis tillbaka hem på lördagen efter att vi informerat dem om olyckan. Vad tycker du, Sten, håller du med om att det känns märkligt och att vi inte skall vänta tills obduktionen är klar utan arbeta på med att säkra uppgifter och spår snarast? avslutade Håkan sin beskrivning med.

– Jo, det låter lite konstigt, ingen sjövän precis, och inplastade handlingar. Men vi kan nog inte dra på för stort innan vi får obduktionsrapporten. Därför föreslår jag följande: Jag kontaktar min chef och berättar det du just sagt och begär ett par assistenter för att kolla av längs stränderna samtidigt som du gör lite sökningar på den avlidne. Jag hör mig försiktigt för med mina Nynäskontakter om det finns något konstigt i den dödes frus bakgrund. Vi får avvakta om vi skall fortsätta förhören med hans fru och vänner tills obduktionen är klar. Låter det bra?

Det tyckte Håkan lät bra, det verkade inte heller som om han hade något emot att arbeta nu på söndagen. Kanske beroende det på att hans hustru sedan många år gick bort i höstas. Det tog ett tag innan Håkan var tillbaka till jobbet, men nu arbetar han mer än någonsin.

19

Inte riktigt bra, tänkte Sten, jag får nog ta med honom på en båttur till Utö i sommar för att bryta mönstret. Det är i alla fall något som jag gillar och vill göra en gång per sommar.

Stens chef, Maria Lundskog, blev inte helt glad att bli uppringd på söndagsmorgonen.

– Va fan, nu är det bäst att du har något jävligt viktigt att komma med, var hennes första kommentar.

Ganska tvärt, men Sten visste att hon egentligen uppskattade att bli informerad och att hennes jargong ändå var välmenande. Maria lyssnade på Sten berättelse och tyckte att slutsatsen om att ett eventuellt brott kunde ligga bakom dödsfallet var lite långsökt. Men hon litade helt på Stens och Håkans erfarenhet och intuition, så hon gav klartecken till varsam informationsinhämtning fram till att obduktionen var klar. Därefter skulle Sten kontakta henne igen för ett nytt beslut.

Det ordnades så att två yngre polisassistenter skulle söka av strandkanten efter eventuella fynd, samtidigt som frivilliga från sjöräddningen gick ut in en båt för att söka efter någon övergiven eller kapsejsad båt i Nynäsviken.

Håkan fick snabbt fram att Magnus Sjöholm var ostraffad och att han, tillsammans med sin hustru, ägde byggfirman Sjöholms Bygg i Nynäshamn AB.

Firman hade måttliga skulder i förhållande till omsättningen och familjen hade 1,5 miljoner i lån för huset. Allt såg så här långt helt normalt ut.

Magnus föräldrar var båda i livet och fortfarande bosatta i Nynäshamn.

OK, tänkte Sten, dem känner jag ju. Eller, jag vet vilka de är, har inte umgåtts med dem privat.

För ett år sedan hade Sten låtit en snickare som heter Lusic Tommic renovera köket. Han gjorde ett fantastiskt jobb och gav ett mycket förtroendeingivande intryck.

Jag hör med honom om vad han känner till om Magnus. Nynäs är ju ändå ganska litet och byggfirmorna arbetar ofta ihop när de inte konkurrerar om något viktigt kontrakt.

Lusse, som han kallas för, kände väl till Magnus och hans firma.

– De gör ett sjyst jobb, är väl lite dyra och försöker få jobb till höga fasta priser men inget onormalt eller olagligt, menade Lusse. Tyvärr försökte Magnus konkurrera med förtal och ryktesspridning mer är att visa på vad han är bra på.

– Vad menar du med det, har du något exempel?

– Jo, han pratade skit om mig för att jag har ett utländskt namn, fast jag är född här, som han mycket väl visste. Han spred ut att "Juggar" och de som kommer från Balkan inte vet något om vad som krävs för husbyggande och snickeri i norra Europa och då speciellt i Sverige. Detta var speciellt riktat till mig och några fler med invandrarbakgrund. Som tur är får man sin verksamhet på nöjda kunder och bra referenser, så mig har det inte gjort någon skada.

Sten undrade om det kunde finnas några rasistiska och eller politiska motiv för att eventuellt skada Magnus. Men de funderingarna lämnade han åt sig själv för stunden men skulle ta upp det med Håkan senare.

Efter samtalet med Lusse åkte Sten hem till sig, ett fint radhus högt uppe på berget i södra Nynäs. Där har han en milsvid utsikt över fjärdarna och kan se färjorna och kryssningsfartygen komma och gå. Han köpte huset tillsammans med sin Lena, men när de skiljdes för att antal år sedan löste han ut henne. Hon ville i alla fall flytta närmare Stockholm och behövde pengarna till insats för en ny lägenhet.

Det ångrade inte Sten och inte heller Lena som hade sett sin 3:a fördubblas i värde under de senaste åren.

Radhuset ligger på gaveln, så Sten har sol från morgon till kväll i den lilla trädgården. Nu satte han sig i sin gamla, slitna rottingstol som står ute året om, men som är hans absoluta favorit.

Grannen var ute med sin hund Tussan, en riktig rackare som vet att Sten gärna smyger till henne något gott. Tussan är så smart att hon väntar tills hon är ensam i trädgården innan hon smiter in till Sten. Nu hörde han att grannens altandörr stängdes och mycket riktigt, där kom hunden i full fart genom häcken.

I dag fick hon en bit kanelbulle, tackade med ett gläfs och skyndade sig tillbaka innan husse eller matte kunde upptäcka den lilla utflykten.

Hoppas vi får obduktionsrapporten snart, tänkte Sten, innan han slumrade in i skuggan under sitt knallgula parasoll.

Kapitel 3

Måndagen den 27 juni

Nu har det börjat, men ännu inga stora nyheter om den drunknade, bara en notis på lokaltidningens hemsida. Snart skall hans gelikar börja bli rädda när de förstår vad som är på gång.

Dagen började inte på ett strålande humör för Sten. Han retar lätt upp sig på orättvisor och intolerans, ibland lite för mycket för hans egen hälsa. I går hade han sett på tv om hur illa en del flyktingar behandlades, inte bara i Sydeuropa utan även hos oss här i Sverige. Ingen lämnar väl frivilligt sitt eget land, familj och hem för att aldrig mer kunna återvända?

När Sten satte sig i bilen för att åka in till det lokala Nynäskontoret ringde Håkan och sa att obduktionsrapporten var klar.

– Det är nog bäst att du kommer in till Stockholm och polishuset på Kungsholmen direkt, jag är här med polischefen, Maria Lundskog och rättsläkaren.

– Vad säger den, undrade Sten, men Håkan ville inte berätta mer än att den drunknade mannen troligen blivit mördad och att han helst skyndade sig på.

Jag borde ju ta pendeln in till stan, tänkte Sten, men som polis kan man ju behöva göra en snabb utryckning med bil.

Dessutom hade han en tjänstebil, så miljö- och trafikhänsyn fick vänta, som det så ofta fick göra.

Det var mycket trafik förbi Globen men Sten använde sig av bussfilerna, vilket är tillåtet för en polisbil. Problemet var bara att de andra trafikanterna inte kunde se att han var polis, så det blev en del sura miner och fula gester han fick mottaga.

Maria, Håkan och den unga utredaren Mats var redan på plats när Sten anlände.

Där var också en medelålders kvinna som han inte träffat tidigare. Han gissade på att det var obducenten.

– Hej, jag heter Solidad Persson och är rättsläkare, sa hon och sträckte ut handen för att hälsa på Sten. Jag har gjort en del intressanta iakttagelser hos den avlidne mannen, som jag tänkte berätta om.

– Trevligt att träffas, det är bara tråkigt att det är i detta sammanhang vi träffas, sa Sten med ett fånigt leende. Han tyckte omedelbart om Solidad och skämdes lite inombords för sina känslor.

– Jag har redan briefat Maria och Håkan men nu tänkte jag gå igenom detta mer grundligt när ni alla är samlade, fortsatte Solidad. Det verkar som om det är tre saker som tillsammans orsakat Sjöholm död, började rättsläkaren. Det första man kan se är att offret har fått ett ganska kraftigt slag mot nacken, det är i sig inte dödande men nog för att Sjöholm skall tuppa av. Han har också vatten i lungorna vilket innebär att han definitionsmässigt har drunknat. Dessutom har jag funnit höga halter av Calmoin i hans blod, förklarade Solidad.

25

– Ursäkta min okunskap, men vad är Calmoin? undrade Sten.

– Det är ett lugnande läkemedel med morfinliknande substans. I för stor dos blir kan man bli helt eller delvis förlamad. Det sätter sig först på talförmågan och sen på armar och ben.

– Det kan alltså ha varit en ren olyckshändelse? undrade Håkan. Kan han ha tagit Calmoin, ramlat och slagit i skallen och sen trillat i vattnet och drunknat?

– Det kan ha gått tills så säger rättsläkare, men jag tror inte det. Jag har en hypotes men det är givetvis ni, som utredande poliser, som skall försäkra er om detta.

– Okej, låt höra, vi har inte hela dan på oss, det har redan gått två dygn sedan Sjöholm hittades! sa Maria.

– Jag ser inga tecken på att Sjöholm skulle ha varit en missbrukare, sa Solidad. Det finns inga spår efter att han någonsin använt någon annan drog, förutom att han hade en mindre mängd alkohol i blodet. Därför tror jag att han omedvetet fått i sig Calmoinet, troligen via spetsad öl eller annan alkohol. Sen hoppas jag att er fortsatta utredning ger svar på huvudskadan och hur han hamnade i vattnet. Hela rapporten är utskriven och den ligger tillgänglig på nätet för Maria och Sten, avslutade hon, och om ni inte har några direkta frågor så lämnar jag er med ert utredningsarbete. Ni vet var jag finns om det är något ni undrar över.

När rättsläkaren lämnat dem tog Maria till orden:

– Det här kan ju tyda på både en tragisk olycka och att ett mord har begåtts. Därför är det jäkligt viktig att vi går till botten "ursäkta uttrycket" med detta och gör vad vi kan för att få klarhet i vad som skett. Sten, du får leda utredningsarbetet tillsammans med Håkan och Mats, fortsatte Maria. Jag vill att du arbetar med bas i Nynäs, vilket borde passa dig som bor där. Håkan, du får gärna använda stationen i Handen för inre spaning och Mats hjälper till där det behövs. Jag vill ha en första rapport i morgon förmiddag.

– OK, då är det bara att börja, vi sätter oss i rummet bredvid och summerar läget, sa Sten. Men först hämtar vi varsin fika, tycker jag.

– Jag börjar med att sammanfatta vad vi vet, startade Sten. I lördags morse hittade Ulrika Persson en livlös man i Nynässviken när hon tog sitt morgondopp. Klockan var då cirka 07.00. Polis och sjöräddning larmades och kunde snabbt konstatera att han vad död. Det var Stefan Glans vid sjöräddningen, men vem var där från polisen?

– Det var Linda Stefano som kom dit från Handen, svarade Håkan. Jag har talat med henne och hon bekräftar vad du just sagt. Hon hittade inget på platsen som tydde på att mannen gått i vattnet just där. Men hon hittade namn och ID-handlingar prydligt instoppade i en plastficka, vilket hon tyckte var underligt. Kroppen togs med av ambulans för identifiering och obduktion. Den avlidne var Magnus Sjöholm, 29 år och hemmahörande i Nynäshamn. Hans fru var på besök

27

i Västerås men informerades och återvände samma dag och kunde bekräfta mannens identitet. Jag blev informerad på söndag morgon av dig Håkan, du tyckte bland annat att det var underligt med ID-handlingarna som stoppats i en plastficka, fortsatte Sten. Vi beslutade därefter om att söka av strandkanten. Vet du om det gett något resultat? frågade Sten och vände sig till Håkan.

– Nej, jag har inte hört om några speciella fynd men jag kollar under dagen. Jag hade även ett kort samtal med Sjöholms fru och även hon tyckte det var konstigt med plastfickan. Hon visste inte var Sjöholm hade varit på fredagskvällen men gissade att han hade varit nere i hamnen för att fira Midsommar och tagit några öl med kompisar. Vad som framkommit är att Magnus Sjöholm hade en egen firma inom byggbranschen och att familjen hade en ordnad ekonomi, i alla fall vad som syns i officiella register.

– Jag tog mig friheten att kontakta en snickare som jag tidigare anlitat för att om möjligt få lite information om Sjöholm, fortsatte Sten. Denne kontakt, Lusic "Lusse" Tommic, berättade att Sjöholm var en respekterad yrkesman, men att han pratade skit om andra i branschen och då speciellt om byggare med utländsk bakgrund. Så bland branschkollegor var han inte speciellt omtyckt. Sen har vi obduktionsrapporten, sa Sten och tittade ut genom fönstret.

Det var en strålande sommardag. Nu skulle man vara ute på sjön i stället, tänkte han drömmande.

– De tre huvudingredienserna är Calmoin, en skada på bakhuvudet och att han drunknat med vatten i lungorna i Nynässviken. Det ger oss några alternativa scenarier. För det första kan han ha tagit Calmoin självmant, blivit förvirrad, ramlat och slagit i huvudet för att sedan ramla i vattnet. En ren olyckshändelse alltså. För det andra kan någon ha spetsat hans öl med Calmoin vilket sedan lett till samma förlopp som i det första alternativet. Ett tredje alternativ är att någon spetsat hans öl med Calmoin i avsikt att skada honom. Har jag missat något Håkan? undrade Sten.

– Nä, inte vad jag kan komma på. Vad gör vi nu? Jag kan fortsätta att gräva i Sjöholms ekonomi och övriga uppgifter som finns om honom på nätet?

– Det låter bra tycker jag, men låt oss först lista det mest akuta att göra, svarade Sten. Vi måste ta reda på vad Sjöholm gjorde på midsommarkvällen och om han någonsin använt Calmoin tidigare. Jag pratar med hans fru och berättar om dödsorsaken. Skall fråga om hans eventuella drogbruk och försöka få namnet på några kompisar som kunde ha varit med på kvällen. Skall även höra om eventuella problem med kunder, konkurrenter etcetera, fortsatte Sten, och vilka jobb han gjort den senaste tiden. Hade han några anställda, vilka var de? Du Håkan, använd datorn för att få reda på så mycket som möjligt om jobb, leverantörsskulder, utestående fakturor och eventuella uppgifter om Sjöholm och hans fru i belastningsregistret. Mats, hör med restaurangerna i hamnen, ta reda på var han var och om möjligt med vilka.

Nynäshamn är ganska litet och de flesta känner man till, i alla fall i sin egen ålder.

– Ok, svarade Mats, jag tar det så fort de öppnar. Finns det några övervakningskameror i hamnen som vi kan kolla på?

– Nej, tyvärr det finns inga kameror där, sa Håkan, som brukar ha koll på sådant.

– Något annat jag kan göra innan restaurangerna öppnar?

– Ja, ta en promenad på gång- och cykelvägen längs Nynässviken, titta efter möjliga platser att ramla i och även om du kan hitta några intressanta spår. Gå med öppet sinne, förvänta dig inget och allt.

– Om det är allt så föreslår jag att vi träffas hemma hos mig igen vid fyratiden, blir det bra?

– Äh, jag skall på bio i Stockholm med tjejen i kväll, det blir lite svårt att hinna i tid från Nynäs, invände Mats.

– Tyvärr, övertid beordras för några dagar, du får kompensera det på fredag, sa Sten och log lite överslätande.

Det här var en sida av jobbet som han inte gillade. För mycket oregelbunden och oplanerad tjänstgöring går ut över familj och vänner. Till slut hade hans fru tröttnat på att arbetet alltid gick före henne och familjen. Nu är de skilda och Sten kunde inte sluta att anklaga sig själv för det.

Kapitel 4

Sten tog med sig Mats i bilen till Nynäs, släppte av honom på Fågelgatan där Sjöholm hittades. Det skulle bli en lagom promenad ända in till badet längst in i Nynäsviken. Sen var det bara tjugo minuters promenad till hamnen. De beslutade att träffas där för en lunch på någon av uteserveringarna.

Håkan skulle bli kvar på polishuset under resten av dagen, där fanns ju de bästa möjligheterna till inre informationsinhämtning.

Sten ringde till Magnus Sjöholms fru Anita och undrade om han fick komma hem till henne och ställa några frågor. Barnen var på sina respektive förskolor och skolor så det passade bra nu innan lunch.

Sjöholm bodde i en gammal trävilla i närheten av Nynäs centrum. Kunde vara bättre underhållen, men snickaren i huset hade väl prioriterat betalda jobb i stället för att fixa hemma, tänkte Sten när han gick in i den välskötta trädgården.

Sjöholms fru Anita öppnade när Sten närmade sig villan. Hon såg trött ut, vilket inte var så konstigt, och lite äldre än han hade väntat sig.

De satte sig ner på altanen på baksidan och Anita serverade te. Hon frågade inte om Sten ville ha kaffe istället, så han fick väl smutta på sitt te fast han varken var katt- eller temänniska.

Vad nu katt har med det här att göra, tänkte han.

– Först av allt vill jag beklaga det inträffade och jag hoppas att du får den hjälp och det stöd du önskar, sa Sten.

– Tack, sa Anita, det är verkligen hemskt, en chock. Jag försöker skona barnen så mycket som det går så de är nu på sina skolor. Dessutom har jag min syster här i Nynäs, hon kommer snart över. Och mina svärföräldrar var här i går men åkte i morse. Så, tack, jag har bra stöd i min omgivning.

– Jag tänkte berätta om vad som framkommit så här långt och samtidigt ställa några frågor. Är det okej? undrade Sten.

– Det går bra, svarade Anita.

– Som du vet så hittades din man i Nynäsviken i lördags morse och det konstaterades snabbt att han var död, troligen drunknad, började Sten. I går blev obduktionen klar och det visade sig att han hade ganska höga halter av Calmoin i kroppen. Det är en medicin som missbrukare ofta använder tillsammans med heroin, amfetamin och alkohol. Magnus hade också en liten mängd alkohol i blodet. Vet du om Magnus tidigare använt Calmoin i något sammanhang? frågade Sten.

– Nej, Magnus använde aldrig droger mer än några öl ibland. Han var väldigt försiktig med mediciner och smärtstillande, även när han hade brutit benet för ett på år sedan. Han hade hellre ont än att ta starka tabletter. Men jag tycker att det är mycket konstigt att han hittades i Nynäsviken, fortsatte Anita spontant. Ursäkta … Tårarna kommer så lätt, sa Anita knappt hörbart och rusade in i huset.

Hon kom strax tillbaka med en näsduk och rödsprängda ögon. Hon verkade samlad när hon berättade men det måste vara svårt för henne att så abrupt bli lämnad ensam med tre små barn.

Kommer man någonsin över det? tänkte Sten.

– Vad menar du med det du sa om att han hittades just i Nynäsviken? fortsatte Sten.

– Jag pratade med hans kompis Teodor, Teo, och de hade varit nere i hamnen och tagit ett par öl på fredagskvällen. Det ingen anledning att gå till Nynäsviken från hamnen när man skall gå hem. Vi bor ungefär mitt emellan viken och hamnen. Dessutom är han nästan aldrig på den sidan av Nynäs. Bara i samband med några jobb. Så vad skulle han göra där den kvällen? frågade sig Anita.

– Det låter underligt, vi skall försöka få reda på hur han hamnade där. Jag skulle vilja tala med Teo, vet du var jag kan få tag i honom? undrade Sten.

– Du skall få numret innan du går.

– Vet du om han hade några problem med sina kunder eller leverantörer? Finns det någon som skulle vilja skada Magnus på något sätt? frågade Sten.

– Du låter som om Magnus blivit utsatt för något brott och inte råkade ut för en drunkningsolycka, är det vad du säger? sa Anita.

– Vi måste utreda alla möjligheter, svarade Sten. Det kan ha varit en ren olycka, han kan även ha fått sin öl spetsad med Calmoin och därmed förlorat omdömet. Han kan även, i

33

värsta fall, ha blivit utsatt för något grövre brott, men det är än så länge bara spekulationer. Därför är jag tacksam för all information du kan ge, även om den i nuläget inte verkar särskilt relevant.

Anita försjönk i sina tankar för en kort stund.

Det kan inte vara så lätt att ta in denna information mitt i sorgen, tänkte Sten.

– Nej, jag tror inte att Magnus hade några riktiga ovänner, fortsatte Anita. Men han var inte omtyckt av alla och han kunde ha ett lite burdust sätt. Lite av en översittare ibland, men också väldigt omtyckt av sina vänner och arbetskamrater. Han var alltid lojal och omtänksam mot dem.

– Men ingen som skulle vilja skada honom?

– Nä, inte vad jag kan tro, svarade Anita.

– Vad tyckte han om invandrare och människor med en utländsk bakgrund? frågade Sten.

– Varför undrar du det?

– Det är en rutinfråga för att lära känna människan Magnus lite mer, svarade Sten.

– Okej, jag förstår, sa Anita. Nej inte direkt, fortsatte hon, han var tolerant och ganska öppen. Men han tyckte inte om att få konkurrens av billig arbetskraft från Östeuropa. Och det gick väl ut över en del andra också, skulle jag tro. Men aldrig att det ställt till med några besvär.

Därefter tackade Sten för sig, nu visste han lite mer om Sjöholm.

– Jag kanske kommer tillbaka med några fler frågor, men innan dess skulle jag vara tacksam för namn på eventuellt anställda och hantverkare som Magnus samarbetade med. Är det något du kan ta fram, undrade Sten, och räckte över sitt visitkort med sin mejladress.

– Jag skall försöka göra det i eftermiddag om min syster kan ta hand om barnen, jag vill verkligen hjälpa till med att reda ut vad som har hänt, svarade Anita.

– Jo, en sak till. Era barn, hur gamla är de? vände sig Sten undrande om.

– De är tre, sju och nio år. Den yngsta, Sara, är Magnus, de två äldsta, Patric och Sven, har jag tillsammans med mitt ex.

– Och ditt ex, vem är det och var finns han?

– Han heter Steven Clark, är engelsman men bor i Stockholm. Jag har vårdnaden, men barnen träffar honom regelbundet, förklarade Anita.

– Fanns det något oklart mellan Magnus och honom?

– Nej, de var väl inte kompisar direkt, men de träffades då och då, tog bland annat pojkarna på fotboll ibland. Jag träffade Magnus efter att Steve och jag hade skiljt oss.

– Tack igen, vi hör av oss om vi har några fler frågor, sa Sten och vände sig för att gå ut genom grinden.

Då stämmer det, tänkte han. Anita bör då vara närmare 35 än 30.

Kapitel 5

Sten åkte ner till hamnen och fick tag i en av de få avgiftsfria parkeringsplatserna. Han hade lite tid över innan han skulle träffa Mats så han gick ut på bryggan där båthandlaren brukade lägga båtar som var till salu. Det är kul att drömma och Sten skulle gärna vilja köpa en modernare styrpulpetare med vindruta och möjlighet till att sätta upp ett kapell från rutan och bakåt.

Det fanns en fin båt där, men eftersom den hade en ganska stor motor så var den lite för dyr. För honom skulle det räcka med en 50 hästars motor på en femmetersbåt. Han hade inte bråttom på sjön och vill gärna kunna ta sig ett par öl även om det inte var tillåtet.

Det är dessa jädra landkrabbors fel. Det är deras vilda framfart med sina stora, snabba båtar som har fått riksdagens okunniga nykterister att besluta om samma promillegräns som vid bilkörning. De tror att det är som att köra bil på en smal väg när man rattar bekvämt och vindstilla bakom en stor vindruta. Helt absurt, var Stens åsikt.

Mats hittade honom på bryggan och de bestämde sig att äta lunch på fiskrökeriet.

– Jäklar vad fint det är här i hamnen, sa Mats. Jag ha inte varit här på länge men det ser mycket bättre ut nu. Många serveringar, små röda stugor med olika affärer. Men häftigast är ju den långa piren och alla imponerande båtarna i gästhamnen. Och mycket folk, det gillar jag!

– Jo, hamnen har verkligen utvecklats, gästhamnen är en av Sveriges bästa och här finns fiskare med färsk fisk nästan varje dag. Dessutom skärgårdsbåtarna som tar dig ut till öarna om du saknar egen båt. Fast de flesta Nynäshamnare med något intresse för sjön har ju egna båtar.

På rökeriet serveras det alltid något gott och fräscht från havet. De hittade en avskild plats ute på verandan där de kunde samtala ganska ostört och, framför allt, där ingen skulle kunna höra vad de själva sa.

Sten fick in böckling med färsk potatis och hårt bröd, Mats hade beställt stekt strömming med potatismos. Var sin lättöl till det och lunchen blev perfekt.

– Jag gick längst vattnet som du bad mig om, började Mats, och på ett ställe såg jag ett par stenar som blivit liksom vända på. Jag såg det på att vattenlinjen, kanten av sjögräs, inte var horisontell som om de rullats ur sitt läge. Jag tog några foton och spärrade av platsen. Titta på detta.

– Bra gjort Mats! Har du kollat med de som vi satte på att kolla av strandlinjen i söndags om detta?

– Jo, det gjorde jag via Håkan och de hade inte lagt märke till detta, de hade letat efter främmande föremål på stranden och inte hittat något, svarade Mats. Det är på väg en tekniker från Stockholm som skall säkra eventuella skoavtryck och annat som kan vara av intresse. Jag skall visa henne platsen om en dryg timme.

– När du gick längs stranden träffade jag Sjöholms fru, sa Sten. Och hon kunde bland annat berätta att han hade varit här i hamnen på fredagskvällen och tagit ett par öl med kompisar, bland annat med en som heter Teodor, Teo. Har du kunnat fastställa var de var? undrade Sten.

– Sjöholm var i alla fall på Restaurangbåten och troligen också på puben i gamla stationshuset där de började kvällen. De var ett gäng på tre-fyra kompisar. Men jag har inte fått så mycket mer information, ett par av servitörerna som arbetade i fredags kommer till Restaurangbåten nu på eftermiddagen. Hoppas de kommer ihåg gänget och vad som hände den kvällen. Det var i alla fall inget bråk eller stök över huvud taget den kvällen, en ovanligt lugn Midsommarafton enligt dem jag talat med.

– OK, då tar jag och snackar med serveringspersonalen medan du visar teknikern var hon skall leta efter spår. Sen ses vi hos mig vid fyratiden. Håkan kommer också dit. Du hittar väl? undrade Sten.

– Visst, vi ses där, men först kan du väl skjutsa mig till Nynäsviken så att jag inte missar teknikern, svarade Mats.

Eftermiddagens utfrågningar gick bra så Sten var hemma redan vid tretiden. Han passade då på att starta datorn och läsa mejl. Han föredrog att i lugn och ro arbeta på sin dator även om han också kunde läsa mejl på sin mobiltelefon. Anita Sjöholm hade redan skickat telefonnummer och fullständigt namn till Teo, samt en lista på personer som Magnus hade arbetat med. Han skrev ut listan i tre exemplar och ringde upp Teo.

Teo svarade inte så Sten lämnade ett meddelande att han skulle ringa upp så snart som möjligt.

Håkan ringde och sa att han skulle bli något sen, men Mats kom i tid. Teknikern skjutsade honom hem till Sten. Teknikern, som Sten kände igen som Patricia, hade hjälpt honom med att identifiera ägarna till en polsk smuggellastbil.

Nu hade hon faktiskt hittat en del avtryck vid vattnet och skulle tillbaka för att jämföra med Sjöholms skor. Hon hade även med sig en sten med misstänkta blodspår.

Det var en varm och skön eftermiddag så Sten och Mats satte sig på altanen med var sitt glas iskallt mineralvatten och väntade på att Håkan skulle dyka upp.

Det dröjde inte så länge så de kunde snart börja gå igenom dagens information. Sten plockade fram listan han fått av Anita Sjöholm och bad Håkan att snarast gå igenom samtliga personer på listan för att se om han kunde hitta något om dem i deras register.

– Sen börjar vi morgondagen med att höra dem som du hittar något på. Kolla även om Anitas ex finns med någonstans.

Mats berättade om teknikerns fynd vid Nynäsviken och de hoppades kunna få resultatet av jämförelsen morgonen därpå.

Håkan hade bland annat tittat på Magnus Sjöholms Facebook och på andra sociala sidor utan att hitta något anmärkningsvärt.

– Sjöholm är född och uppvuxen i Nynäshamn, kunde Håkan berätta. Han gick ut gymnasiets byggprogram för sex år sedan. Inga toppbetyg men fullt godkänt. Jag även kollat av hans klasskamrater från gymnasiet. De var sjutton stycken och elva bor kvar i Nynäshamn. Tre är straffade, varav en för narkotikabrott och han bor just utanför Nynäs.

– Det vore nog bra att höra honom med tanke på att Sjöholm hade Calmoin i kroppen, menade Håkan.

– Det låter vettigt, tyckte Sten. Särskilt med tanke på att Anita, Sjöholms fru, försäkrade att han aldrig använt andra droger än alkohol.

Telefonen ringde och det var Teo i andra änden.

– Ett ögonblick, Teo, sa Sten, så skall jag koppla på högtalarfunktionen. Nu är den på. Hej Teo, tack för att du ringde tillbaka. Jag är kriminalkommissarie Sten Strand och jag är här med två av mina kollegor, Håkan och Mats. Vi försöker få oss en bild av vad som hände med Magnus Sjöholm i fredags kväll. Vad vi förstår så var du tillsammans med honom i hamnen då.

– Jo, det stämmer, det var Magnus, Peter Karlsson och Ivan Strats, sa Teo. Vi brukar gå ut tillsammans ibland och nu var ju Magnus fru och barn bortresta, så det var han som föreslog att vi skulle träffas och fira Midsommar tillsammans.

– Berätta, vart gick ni och när?

– Vi träffades på puben i det gamla stationshuset vid sextiden och stannade väl där i en timme, sen gick vi vidare till Restaurangbåten där vi satt oss ute och åt en bit, hade det bra. Det var ganska mycket folk som vi kände så vi rörde på oss en hel del under kvällen, berättade Teo.

– Hur länge var ni kvar?

– Jag minns att Magnus kände sig hängig och mycket trött så han gick hem först, klockan var väl tio ungefär. Jag var kvar till midnatt och jag tror att även Ivan och Peter var kvar då, men jag är inte riktigt säker.

– Hur var stämningen, blev det något bråk eller hätsk diskussion den kvällen? undrade nu Håkan.

– Det var bra stämning, jag märkte i alla fall inte av något annat. Men det var konstigt att Magnus gick så tidigt, han brukade ju vara kvar till sist.

– Ursäkta att jag frågar, men förekom det några andra droger vid ert bord den kvällen?

– Nej, absolut inte bland dem jag känner, vi har aldrig sysslat med sånt, bira duger bra åt oss, svarade Teo.

– En fråga till då, vad gjorde du efter att du lämnat stället?

– Jag och Mia gick hem till mig, sa Teo. Vi är tillsammans sen en tid tillbaka och hon kom ner till hamnen för att möta mig. NI får gärna kolla med henne om ni vill.

– Det skall vi kanske göra. Skicka ett sms med hennes telefonnummer till mig är du snäll, sa Sten. Tack och hej, vi hör kanske av oss igen med fler frågor. Och du, skicka över telefonnumren till de andra som var med i fredags.

41

Sen berättade Sten om vad han fått fram i sina samtal med serveringspersonalen tidigare under dagen. Det stämde i stort sätt överens med vad Teo hade berättat. Inget anmärkningsvärt hade inträffat och Sjöholm hade gått hem själv ganska tidigt, vid tiotiden.

– Men, han kom nog aldrig hem, sa Mats frågande.

– Nä det verkar inte så, och det slår mig nu, jäklar, hur är det med Sjöholms mobiltelefon, har någon av er sett till den? undrade Sten.

Det hade ingen gjort, så de ringde upp Sjöholms fru Anita. Hon hade den hemma hos sig, han hade inte tagit med den till ut i fredags.

– Det var ganska vanligt, sa Anita. Han var så beroende av den i jobbet att han inte ville riskera att tappa den när han gick ut med kompisarna.

– Okej, vi skickar någon som kommer och hämtar den snarast.

Sten gick sedan igenom vad som hade framkommit under hans samtal med Sjöholms fru Anita. De summerade med att konstatera att det inte verkade finnas något konkret hot mot Magnus Sjöholm, men att omständigheterna kring hans död ändå verkade konstiga. Det bestämdes att de skulle ta ett snack med hans gamla klasskamrat, som hade åkt fast för narkotikabrott, och kolla upp var Anitas ex befann sig under fredagen och natten till lördagen. Men det fick bli i morgon.

Därefter åkte Håkan och Mats iväg. De beslutade att ses klockan 08.00 i morgon hos Maria för en avrapportering.

Håkan och Mats åkte iväg hemåt men skulle passa på att hämta upp mobilen hos Sjöholms.

Sten gick tillbaka till altanen via kylskåpet där han fiskade upp en kall öl.

Underligt, tänkte han, att Magnus fru Anita inte var mer bedrövad än hon verkade. Kanske hade hon inte varit så lycklig med honom eller så var hon helt enkelt en sådan person som inte visade så mycket känslor och som kunde fungera rationellt under press. Dessutom hade hon ju att ta hand om barnen och i alla fall få deras vardag att fungera så normalt som möjligt.

När han hade satt sig under sitt gula parasoll hörde han att grannen Andreas, Tussans husse, var hemma. Han ropade över häcken till honom och bjöd in honom på en öl.

Det tackade han inte nej till, så han klev in genom häcken och Tussan kom efter genom sitt egna lilla hål.

– Var har du frugan? undrade Sten. Hon kan väl också komma hit ett tag?

– Nä, hon tog bilen till Farsta för att handla, behövde en ny baddräkt nu när det ser ut att bli en bra sommar, det är ju i alla fall redan riktigt varmt i vattnet. Skönt med semester, det är min första dag i dag, hur har du det, blir det någon mer ledighet för dig i sommar? fortsatte Andreas.

– Jag hoppas på ett par tre veckor senare i juli, men just nu håller jag på att kolla upp vad som hänt med personen som hittades död i vattnet i Nynäsviken i lördags. Det har du väl hört talas om? undrade Sten.

– Jo, jag läste om det på datorn, han var väl full och oförsiktig som vanligt när någon har drunknat.

– Riktigt så enkelt är det nog inte, vi undersöker men mer kan jag inte säga.

– Så han blev mördad menar du, sa Andreas som alltid var sensationslysten och som ville höra allt skvaller.

– Lugn i stormen, jag berättar när vi definitivt vet vad som hänt honom.

– Förresten, har du hängt med vad som händer med den ryska dopingskandalen? undrade Andreas. Det verkar som om Ryssland även i fortsättningen blir avstängda från alla internationella arrangemang.

– Jo, det har jag. Men det är ju inte bara ryssarna som fuskar även om det verkar vara organiserat från högsta ort. Det är bara pengar, fusk och korruption i idrotten i dag, speciellt i fotboll och de stora arrangemangen som OS.

– Jag saknar rakryggade idrottsförbund, både internationellt och nationellt, fortsatte Andreas. Lägg inte stora internationella arrangemang i diktaturländer som Kina, Ryssland och nu som fotbolls-VM i Qatar.

– Och om dessa länder ändå får arrangemangen så borde de nationella förbunden avstå från att skicka dit sina idrottsmän, eller hur, fyllde Sten i.

Det höll Andreas med om.

– Men vi skall inte låta detta förstöra denna fina sommarkväll. Frugan dröjer nog och jag är hungrig så låt mig bjuda på några goda korvar.

– Tack det antar jag gärna, sa Sten. Om du sätter på grillen så låser jag på framsidan och hämtar ett par kalla öl till.

– Ta med bostongurka också! ropade Andreas över häcken när Sten kom ut igen. Vi har ingen och det brukar du uppskatta!

Det gick fort att sätta på grillen för Andreas eftersom de hade en modern och elegant gasolgrill.

Lite fusk, tyckte Sten, men praktiskt och så sprider den inte så mycket grillrök i radhusområdet. Det finns en del gnällspikar i området så för att få lugn och ro hade även Sten införskaffat en egen gasolgrill. Fast när det verkligen gäller att ordna med en helkväll med grillning i trädgården så tänder han sin kolgrill, och då får tråkmånsarna klaga så mycket de vill.

Sten och Andreas fortsatte ändå att diskutera den urspårade och korrupta elitidrotten men övergick snart till att bara njuta av den fina kvällen, den goda korven och det kalla ölet och gratulera sig själva till att de hade det så bra.

Sofia, Andreas fru, kom hem med baddräkt som hon genast vill prova, så alla tre tog den korta men branta promenaden ner till båtbryggorna och hoppade i. Det var ingen regelrätt badplats, men på en av bryggorna fanns det en badstege som de kringboende flitigt använde till sina morgon- och kvällsdopp.

– Vilken snygg baddräkt du har! ropade Andreas så högt att alla längs vattnet kunde höra.

Och Sofia kromade sig i kvällssolen, hon var nöjd med dagens inköp.

Kapitel 6

Tisdagen den 28 juni

Sten åkte tidigt för att undvika den värsta morgontrafiken, så han var på polishuset redan klockan sju. Bra, då hade han en timme på sig att samla tankarna. Vad har egentligen hänt, olycka, misshandel eller mord?

Vilken prioritet skall vi ha på detta arbete, hur stora resurser skall vi använda för något som kanske visar sig vara en olycklig drunkning? Om det inte kommer fram något nytt när vi hör med Sjöholms frus ex om var hans var eller skolkamratens narkotikaaffärer, så får vi nog sortera in detta i facket olyckor. Teknikerns resultat skall vi inte heller glömma, tänkte han.

Maria, som hade bråttom iväg på ett allvarligare möte med den högsta polisledningen, briefades av Sten som ledde mötet. Håkan och Mats flikade in när så behövdes. Hon hann också höra att teknikers hade hittat skospår som kunde vara den avlidnes tillsammans med ett annat fotspår. Det var ingen riktig sandstrand där spåret hittades utan mer småsten, så i princip var det bara storleken som kunde fastställas.

— Det andra spåret var av en fot, alltså barfota utan skor men väldigt otydligt, storlek 27 till 29 uppskattar jag det till. Tyvärr går det inte arr få några DNA-spår då vågor sköljt över stranden. Men viktigast av allt, blodet på stenen kom från

47

Magnus Sjöholm. Han hade alltså varit där och med högsta sannolikhet var det där han hamnat i vattnet.

Maria höll med om att det mycket väl kunde vara en olycka, men hon ville ändå att de skulle fortsätta med utredningen ett par dagar till. Sen försvann hon iväg, svärande över de eviga mötena som ständigt avlöste varandra.

Håkan skulle sätta sig vid datorn och gå igenom listan de fått från Anita Sjöholm. Sten skulle försöka få tag i skolkamraten och Mats fick i uppgift att höra Anitas ex.

De skiljdes åt redan klockan nio så Sten blev fast i bilköerna även på hemvägen ut från stan.

På vägen ringde Anita Sjöholm och undrade om han hade några nyheter.

Hon var mer och mer övertygad om att det var något mer än en drunkningsolycka.

– Varför, frågade Sten.

Men hon kunde inte svara på det, mer än att det var hennes känsla.

Skolkamraten hette Tord Bylund och skulle enligt uppgift bo i ett sommarstugeområde på Torö utanför Nynäshamn. Hus 37A, till höger om den allmänna vägen. Huset var lätt att hitta med en ovårdad trädgård full med bråte och ett par gamla rostiga bilar. Men även en ganska ny och fin Golf stod på uppfarten.

Det tog lång tid innan någon öppnade.

Kanske ingen är hemma, tänkte Sten.

Men efter en stund öppnade en kvinna i 30-årsåldern.

– Ursäkta att det tog tid, men jag har problem att gå sedan några år tillbaka, sa hon, och stötte sig på sina kryckor.

Hon var klädd i shorts och en tjock vinterolle, som om det var kallt mitt i sommarvärmen.

– Jorå, Tordan är hemma, jag tror han är på baksidan. Jag skall höra om han har lust att snacka med snuten i dag, sa hon och försvann.

Tord, brunbränd i shorts, kom runt hörnet efter en stund.

– Vaereom, hoppas det är något viktigt så här mitt i semestern.

– Jag kommer med anledning av att din gamla skolkamrat Magnus Sjöholm hittades död, troligen drunknad, i lördags morse, började Sten.

– Jag hörde det av tjejen, hon hade sett det på nätet. Tråkigt för hans familj, men jag kan inte säga att jag kommer att sakna honom, sa Tord.

– Varför det?

– Han var en riktig skitstövel och mobbade och bråkade med mig under hela skoltiden. Han förstörde helt enkelt min lust att gå till skolan. Jag har honom att tacka för allt, sa han och slog ut med armarna. Vad vill du mig då?

– Jag vill veta om du varit i kontakt med honom nyligen och var du var i fredags kväll, sa Sten.

– Nej, jag har inte sett honom på flera år, vi umgås väl inte i samma kretsar om man säger så. Jag och tjejen har varit här sen i mitten av förra veckan, bara varit till lanthandeln för att handla lite käk. Hör med Madde, hon kan bekräfta det, och grannarna här bredvid.

– Det är väl inte så att du har hjälpt honom att få tag i några droger? undrade Sten.

– Jag håller inte på med sånt numera, och om jag gjorde det så skulle jag inte hjälpa honom, eller så skulle han få betala riktigt bra för något verkningslöst skit. Så, nä, försök inte få dit mig för nåt sådant, jag är clean, svarade Tord.

– Vi har kollat upp dig och det verkar stämma att du skärpt till dig, men vad vet du om Calmoin? Magnus hade det i kroppen. Finns det i Nynäs, är det lätt att komma över och är det möjligt att få i sig det utan att veta om det? frågade Sten.

– Jag kan inte tänka mig att en sån som Magnus använde Calmoin, men visst, det finns och man kan lura någon att ta det utan att det känns på smaken om det hälls i en drink till exempel.

– Okej, vi kanske vill tala mer med dig så håll dig hemma de närmsta dagarna.

– Visst, jag lämnar inte det här paradiset självmant, svarade Tord.

– Jo, en sak till, sa Sten innan han gick över till grannarna för att bekräfta Tords alibi. Vet du någon annan som skulle vilja skada Magnus?

– Som jag sa, han var en skitstövel i skolan och har säkert fortsatt med det så det finns nog en hel del som skulle vilja ge igen på honom. Men inget mer än en smäll på käften skulle jag tro, han var inte värd mer uppmärksamhet än så.

Grannarna bekräftade att Tord och hans tjej hade varit där sedan i torsdags då de själva kom ut till sin stuga. Men de höll ju inte stenkoll tjugofyra timmar om dygnet på sina grannar, så nyfikna var de inte.

Tord hade både motiv, kunskap och tillfälle att droga Sjöholm om han ville, tänkte Sten på väg in till Nynäs. Men var det troligt?

Det vore inte så dumt att prata med någon annan av Sjöholms skolkamrater.

Sten stannade bilen, klev ur och ringde till Håkan för att få ett par namn. Det fick han och samtidigt fick han veta att det varit ganska stor omsättning på folk som arbetade med Sjöholm, i hans firma eller som partner till honom.

– Kanske är det så i byggbranschen, men det bör i alla fall kollas upp.

– Håkan, bestäm vilken eller vilka vi skall tala med så ordnar jag det om personerna finns i Nynäshamn. Sms:a namn och nummer, bad Sten.

Det visade sig att en av Sjöholms gamla skolkamrater arbetade på kommunens bygglovsavdelning och att Sten hade varit i kontakt med henne när han ville glasa in sin altan. Hon hade inte givit något bygglov och hänvisat till områdets täta bebyggelse. Det hade gjort Sten fly förbannad, men nu var han tacksam för att han inte kostat på sig någon pensionärskuvös, det är mycket skönare att sitta ute under det gula parasollet när det är fint väder. Är det dåligt så sitter han inomhus, innanför panoramafönstret i vardagsrummet där han har en fantastisk utsikt och kan se solen gå upp över öarna.

Julie Alvaro tog emot honom på sitt rum. Hon kände igen honom och undrade om han fortfarande var arg.

– Nej, svarade han, jag är dig evigt tacksam för avslaget, det var en dålig idé och jag har det mycket bra som det är.

Hon log men avstod från att svara.

Sten berättade sitt ärende och undrade vad hon hade att säga om Magnus Sjöholm.

– Han var en besserwisser och ganska taskig mot en del, sa Julie. Han och några till i andra klasser bråkade mycket med de utsatta eleverna.

– Och hur var han mot dig?

– Sjyst, jag tror han gillade mig, men han var ju lika gammal som jag och tonårstjejer ser ju bara upp till lite äldre killar. Men han lämnade mig i stort sätt i fred, han retades väl lite ibland, men det var ju bara för att få lite uppmärksamhet, inget allvarligt.

– Mot andra?

– Han kunde som sagt vara ganska elak mot en del andra, han var väl vad man i dag kallar en mobbare, svarade Julia.

Det bekräftar ju lite vad Tord sa, tänkte Sten när telefonen pep till. Det var sms:et han väntat på från Håkan.

Han tackade Julia och gav sig iväg för att få i sig en bit mat. Han gick över torget till matsalen ovanför biblioteket. Där hade han aldrig ätit tidigare, men i dag skulle han testa. Det var ju tisdag så det blev panerad fisk med remouladsås och potatismos. Ganska bra om man inte jämförde med den färska fisken man kunde få i hamnen.

Till kaffet ringde han upp ett av namnen han fått av Håkan, tyvärr var den personen på jobb i Norge men skulle komma tillbaka om en vecka ifall det var nödvändigt att träffas. Sten fick i alla fall reda på att personen hade arbetat för Sjöholm en kortare tid men att hans fått ett mycket bättre betalt erbjudande i Norge. Det var därför han hade slutat och han hade inget otalt med Sjöholm.

Den andra personen på sms:et svarade inte, så Sten beslöt sig för att åka in till stationen i Handen.

Jag behöver bolla intrycken med någon och förhoppningsvis är Håkan där, tänkte han.

Sten gillar att köra bil, helst ensam med bra musik, men tyvärr så spelar de samma låtar om och om igen på radiokanalerna och allt låter som Max Martins fabriksproducerade skitmusik. CD-spelaren var hans vän och i dag var det en gammal Neil Youngplatta som fyllde bilen med Hey Hey My My.

Att köra bil och lyssna på musik stimulerar av någon anledning Stens tankeförmåga.

Vi måste få reda på vart Sjöholm gick och hur han hamnade i Nynäsviken, tänkte han. Utan den ledtråden famlar vi i mörkret. Det finns ju inga övervakningskameror i hamnen, så hur skall vi göra? Fråga ut varenda en som var i hamnen den kvällen eller gå ut med att vi vill ha in iakttagelser

53

som gjorts mellan tio och midnatt den kvällen? Men hade inte grillkiosken haft en olaglig kamera som de satt upp efter ett antal inbrott? kom han på. Inbrotten hade slutat så jag skulle inte bli förvånad om Stefano som äger kiosken ändå hade satt upp en ny kamera utan att begära tillstånd.

Han körde av på första bästa avfart för att ringa till Håkan.

– Hej Håkan, jag är på väg till stationen men kom just på att grillkiosken i hamnen hade en olaglig kameraövervakning som de med hot om vite fick ta ner för ungefär ett år sedan. Kommer du ihåg det, var det inte så?

– Jo, det stämmer, svarade han. Men vad har vi för nytta av det i dag?

– Eftersom kameran hjälpte ägaren med att få slut på inbrotten så ger jag mig tusan på att han ändå fortsatte med sin övervakning, svarade Sten. Jag vänder om och åker till grillen direkt och kollar. Jag ringer dig om jag tittar något och då vill jag att du kommer så snart som möjligt för att plocka ut det materialet som eventuellt finns lagrat någonstans.

– Okej, svarade Håkan. Jag finns tillgänglig, sitter här och går igenom personer i Sjöholms närhet.

– Men du, kolla upp så att vi inte har missat att grillkiosken ändå fått övervakningstillstånd, avslutade Sten.

Sten fick en parkeringsplats precis utanför grillkiosken och gick dit och köpte en mjukglass med vanilj och choklad blandat.

Inget strössel, det är bara för barn och mammor med barnvagnar, tänkte han.

Han satte sig på en av bänkarna utanför och studerade kiosken utan att finna något som kunde likna en kameralins eller någon plats där en sådan var gömd.

Håkan ringde och sa att något tillstånd för kameraövervakning inte fanns, men att en ansökan för detta var inlämnad.

Efter ett varv runt huset konstaterade Sten att det inte fanns någon kamera, i alla fall ingen som han kunde upptäcka. Så han gick in och låtsades studera de olika menyförslagen som prydde väggarna, och där i ena hörnet såg han något som skulle kunna vara en lins.

– Hej, jag är Sten Strand från polisen och skulle vilja prata med Stefano, finns han här?

– Nä, han är och handlar men kommer nog snart tillbaka. Kan du vänta här en stund? undrade tjejen bakom disken.

– Du kan väl ringa honom och be honom komma hit så fort som möjligt?

– OK, ett ögonblick så skall jag bara ge killen här sin korv.

Stefano skulle vara tillbaka om en kvart, så Sten gick till båtaffären och köpte ett par nya dynor till sin båt. De gamla var slitna och en hade till och med blåst överbord och försvunnit.

När Sten kom tillbaka till kiosken var Stefano redan där och lastade varor ur sin bil.

När han var klar tog Sten med sig honom på en promenad så att de kunde prata ostört.

– Jag ser att du har en övervakningskamera inne i kiosken och jag vet att du inte har något tillstånd för den, sa Sten på ett ganska auktoritärt sätt.

– Jo, men den är inte inkopplad, bara för att skrämma förstår du, inget olagligt här, försökte Stefano förklara.

– Kom igen, det tror jag inte ett dugg på! Men så här är det, vi utreder en persons död och försöker ta reda på vad som hände honom här i hamnen i fredags kväll. Och du kanske kan hjälpa oss med det om vi får titta på eventuellt material från den kvällen.

– Men jag har inget, framhärdade Stefano.

– Jag vet att du har en ansökan inne om att få tillstånd för din övervakning. Antingen hjälper du mig nu och jag skall se till att den behandlas positivt. Eller så berättar jag om vad du har i kiosken och då kommer du aldrig att få något tillstånd, plus att det blir böter för olaglig personövervakning. Du väljer!

Stefano gick med på att hjälpa polisen, han hade väl inget val och han ville gärna göra en insats för att hålla hamnområdet säkert.

Tyvärr satt ju kameran på insidan, men som tur var så var den riktad mot fönstret som vetter ut mot gatan. Med de ljusa sommarnätterna kanske det gick att se vad som hände på utsidan.

Håkan kom så snabbt han kunde och plockade med sig allt inspelat material från fredagen och lördagen. Sen körde han tillbaka till stationen för att i lugn och ro gå igenom filerna.

– Vem jobbade här i fredags kväll? undrade Sten.

– Det var min dotter Sofia, som är här nu, sa Stefano. Jag kan ställa mig i kassan om du vill tala med henne.

Sten förklarade kort vad som hade hänt och undrade om Sofia hade sett något konstigt den kvällen. Han visade henne också ett foto på Sjöholm.

– Det är ju alltid några som är berusade och lite stökiga men det var inte värre än vanligt. Men det satte sig en kille vid vårt bord här utanför som verkade helt borta, jag tror att det var han på bilden men är inte helt säker. Jag frågade hur det var men han kunde knappt svara, han var inte full som på ett vanligt sätt. Sen gick jag in och tog hand om en ny kund. Sen var killen utanför borta, jag fick för mig att han blev upphämtad och hjälpt till en bil. Jag vet inte, men det är i alla fall vad jag antar. Sen tänkte jag inte mer på honom.

– Kan du säga vad han hade på sig? undrade Sten.

– Hmm, jeans och en mönstrad, hippielik skjorta tror jag. Det kan också ha varit en brokig t-shirt. Ursäkta, jag tittar mer på ansikten än på kläder, det är viktigare tycker jag.

– Tack Sofia, du har varit mycket hjälpsam, vi återkommer kanske med några följdfrågor.

Nu var klockan redan tre men Sten satte sig i bilen, på med Neil Young och iväg till stationen för att se vad Håkan fått fram.

Yes, tänkte han, nu har vi äntligen något att arbeta vidare med, hoppas det finns något på filerna.

De satte sig framför Håkans PC, där han visade ett klipp som startade klockan 22.17.

Inne i kiosken såg de en man som fick sin hamburgare och i bakgrunden var fönstret som tittade ut mot gatan. Det var svårt att se genom fönstret, men ibland skymtade några figurer förbi på väg till eller från restaurangerna i hamnen, kunde man förmoda.

– Vänta lite, sa Håkan när klockan stod på 22.23. Snart kommer det, titta noga nu. Ser du, där kommer en bil från restauranghållet, den saktar in och stannar så att man bara ser fronten. En röd bil, liten kanske en Golf, en Peugeot eller liknande. Den gungar till som om någon går i eller ur bilen. Sen händer inget på tre minuter så jag spolar fram. Titta! Nu gungar den till igen, lite mer än tidigare. Jag tyder det på att en person gick ur bilen i första sekvensen och att två, eller möjligen tre, personer sedan klev in i den, förklarade Håkan. Men just när bilen skall åka iväg ställer sig en person för fönstret så vi förlorar möjligheten att se vem eller vilka som satt i bilen när den kör iväg.

– Jäkligt förargligt, sa Sten, men vi har nog fått bilen som hämtade upp Sjöholm på bild. Försök få märke och årsmodell nu direkt så att vi kan lysa den.

Det visade sig vara en Peugeot 207 av årsmodell 2008 eller 2009. Röd, troligen med svarta lister. Det var allt som gick att få fram av bilderna.

– OK, kolla hur många sådana bilar det finns i Nynäs, så skall jag och Mats knacka dörr i villorna nära den enda anlagda parkeringsplatsen längs Nynäsviken, för att höra om någon sett en röd bil den kvällen, sa Sten. Det blir kvällstjänstgöring för oss i dag igen.

Anita Sjöholms ex hade alibi för fredagen och lördagen, kunde Mats berätta när de var på väg mot Nynäs. Mats hade inte blivit så glad för ännu en kväll med arbete, men han var samtidigt lite uppspelt av att få deltaga i en spännande utredning där hans insats kunde få betydelse.

Han ville ju inte vara assistent så länge till, lite högre ambitioner än så hade han.

De parkerade på parkeringen avsedd för småbåtsägarna i Gröndalsviken. Cirka 200 meter längre bort fanns den plats där Sjöholm troligen hamnat i vattnet. Fem sex hus hade direkt överblick över parkeringen, så de började med dem.

Tyvärr fick de inget napp, ingen hade sett något. De flesta hade firat Midsommar på sina altaner och njutit av den långa kvällen.

Det var sent när de var klara, så Sten beslutade att de skulle fortsätta i morgon med husen lite längre bort.

På väg mot bilen mötte de en kvinna som var ute med sin hund. De stoppade henne och frågade om hon varit ute och rastat hunden i fredags kväll. Det hade hon, hon går ut varje kväll efter 22-nyheterna på TV4.

— Då bör du ha varit ute någon gång mellan halv elva och elva, sa Sten. Såg du något ovanligt den kvällen?

— Jo jag lade märke till en sak, men jag är inte säker på vilken kväll det var. Det var några dagar sen, så det kan ha varit torsdag, fredag eller lördag, svarade kvinnan. Det kom en person skjutandes en tom rullstol där bortifrån, sa hon och pekade i riktning mot badplatsen, alltså mot den plats där fotspår och blod hittats. Jag tyckte det var konstigt att ha en tom rullstol med sig från badet, fortsatte hon.

– Såg du vart personen tog vägen sen? undrade Sten.

– Till parkeringen och lastade in stolen in en bil.

– Det låter mycket intressant, kan du lämna någon beskrivning på personen och bilen? frågade Sten.

– Även om det är ljusa sommarkvällar så var det lite skumt. Han eller hon hade ganska långt, mörkt hår och keps, vet faktiskt inte om det var en man eller kvinna. Bilar är jag dålig på, men den var i alla fall röd och en vanlig bil, inte en sån där vräkig storstadsjeep som har blivit så populära.

Det här var mycket intressant information, så Sten tog namn och adress och bad att få komma tillbaka i morgon för att ta fullständiga uppgifter.

Mats tog pendeln hem till sin flickvän och Sten åkte hem till sitt tomma hus. Det var fyra rum och kök på 110 kvadratmeter och ganska modernt, i alla fall så var kök och badrum renoverade för ett par år sedan. En del väggar borde väl målas om, men det var inget som Sten tänkte på. Han var ganska hemmablind, så det var Malin som kom med renoveringsidéerna. Inomhus vill säga, utomhus hade han alltid några projekt på gång. Denna sommar tänkte han reparera och lasera träträllarna på altanen. Men nu kändes det bara ensamt att komma hem till ett tomt hus. Han saknade sin fru och det var inte så ofta som Malin var här mer än några timmar.

Den här sommaren skall jag försöka vara ledig och inte sitta hemma, vore kul att träffa någon ny, om än bara för att ha någon att gå på bio med, ta pendeln till Stockholm för att gå på någon mysig restaurang, tänkte han. Någon som skiljer sig från hans killkompisar. En kvinna alltså!

Nu gjorde han iordning ett par mackor och satt sig ute i sommarkvällen. Han skippade ölen den här dagen.

Jag måste tänka på figuren, tänkte han, det är i alla fall en bra ursäkt för att hålla nere alkoholkonsumtionen.

Sen blev det en stund framför tv:n, nyheterna visade som vanligt inslag om den fortsatta flyktingströmmen till Europa. Det är en katastrof för de miljoner människor som måste lämna sina hem. Inte en katastrof för Europa som många vill hävda.

Vi behöver fler unga människor för att över huvud taget klara av att försörja det växande antalet pensionärer nu när vi blir allt äldre och äldre.

Han somnade på soffan.

Kapitel 7

Onsdagen den 29 juni

Sten vaknade av att det ösregnade utanför. Han hade somnat med öppen altandörr, så regnet gjorde att det blev lite kyligt där i soffan. Klockan var bara fyra på morgonen, men han bestämde sig ändå för att gå upp och utnyttja den friska sommarmorgonen. Han avskydde att springa men att cykla var helt okej. Så han tog cykeln nerför backen och sen runt den fantastiska Ringvägen som går längs havsklipporna och där man kan blicka ut över öppet hav hela vägen till andra sidan Östersjön. Här börjar Stockholms skärgård, eller tar slut beroende på varifrån man kom och vilket perspektiv man har. Den bästa platsen som finns, enligt kriminalkommissarie Strand.

Väl hemma blev det en snabb dusch och kaffe med rostat bröd framför datorn. Det var samma nyheter som på tv i går kväll, så han gick in på Blocket och tittade efter båtar till salu i Stockholmsområdet. Sen fick han för sig att se hur många Peugeot 207 som var till salu också i Stockholmsområdet. Det var sjutton stycken, varav tre röda vilka alla såldes av en bilfirma.

Han bestämde sig för att kontakta dem under dagen och printade ut deras annonser.

Hur många sådana bilar finns det i Stockholm, och hur många finns det i hela Sverige? undrade han.

Men det skulle ju Håkan snart berätta.

Den här morgonen samlade Sten sin kärntrupp på Handens station. Håkan i sin manchesterkavaj och utanpåskjorta, han såg pigg och utvilad ut fast han var orakad. Det var nog sommarskägget som började titta fram. Mats såg desto tröttare ut.

Det finns ju så mycket som ska hinnas med under de korta sommarmånaderna när man är ung som han, tänkte Sten.

De samlades i Håkans lilla rum, där datorn stod bland papper och bilder, och sammanfattade vad som framkommit hittills.

– Det kan fortfarande ha varit en olycka, men jag bedömer att en okänd person har varit inblandad. Vi söker alltså en bilägare, en rullstol, motiv eller orsak till händelsen, samt hur Sjöholm har fått i sig Calmoin, började Sten.

Håkan redogjorde för röda Peugeot i Stockholmsområdet. Fyra stycken i Nynäshamns kommun och 37 i hela området. Han hade också gått igenom samtliga Sjöholms kollegor och pratat med en del. Ingen hade något otalt med honom, eller någon innestående lön eller liknande. Det enda han fått fram var att kollegan som flyttat till Norge verkade ha kommit på kant med Sjöholm på något sätt, han flyttade inte bara för att få mer betalt.

– Bör höras igen, helst inte bara per telefon.

Mats fick i uppdrag att besöka de fyra bilägarna i kommunen samt att ringa de övriga för att höra var de varit på fredagskvällen och om de hade lånat ut sin bil till någon.

Sten skulle ta ett bättre vittnesmål av damen med hunden för att sedan prata med de övriga kompisarna som varit med Sjöholm på restaurangbåten.

Håkan hade ett annat uppdrag som han måste ägna sig åt under större delen av dagen, men han fanns tillgänglig om det var några ytterligare upplysningar som behövde grävas fram ur datorer och arkivgömmor. Håkan hade också, på begäran av Sten, tagit fram fotokopior på Sjöholms kollegor, fruns ex, hans gamla klasskamrat Tord, samt hans tre kompisar som varit med honom på fredagskvällen.

De fick alla varsin uppsättning att använda vid tillfälle.

– Fråga samtliga som ni pratar med om de har någon rullstol i familjen. När ni gör besök, titta efter rullstol och om ni ser några tecken på handikappanpassning i bostaden, uppmanade Sten innan de skiljdes. Vi ses här i morgon igen om inget kommer i vägen.

Sen ordnade Sten så att Mats tillfälligt kunde kvittera ut en egen bil, vilket skulle behövas för att han skulle kunna göra ett effektivt arbete.

Innan Sten åkte tillbaka till Nynäs, ringde han runt och bokade tid med de personerna som han tänkte intervjua under dagen. Alla tre var tillgängliga, han skulle börja med Ivan Strats.

Dagen var ganska varm och det var helt lugnt, inte en krusning på vattnet. Sten hade hellre velat vara ledig, då hade han ju redan varit ut på sjön. Men nu hade han det inte så illa i alla fall.

Ivan träffade han på Radiokakan, kaféet som tillhör Nostalgimuseet. Lotta serverade hemgjorda skinkmackor och lättöl, men något besök på museet hann de inte med trots att Ivan aldrig varit där.

Kvinnan med hunden bjöd på fika på sin altan, och med Peter Karlsson satt han i solen utanför en byggfutt och samtalade.

Inte mycket nytt kom fram under dagens samtal, de blev mest en bekräftelse på vad de redan visste.

Ingen hade sett några droger på restaurangen, men det hade varit ganska mycket folk i rörelse runt deras bord. Några tjejer i deras ålder hade slagit sig ner, och Sten fick ett par namn. Ingen av Sjöholms kompisar kunde föreställa sig att någon de kände skulle vilja honom riktigt illa. Visst, han hade väl inte varit Nynäs populäraste person, men han hade inte varit hatad på riktigt av någon.

Sten bedömde att kompisarna var trovärdiga och den bilden stämde ju överens med vad andra har berättat om Magnus Sjöholm.

Inte heller hade han haft någon kärleksaffär vid sidan om, i alla fall inte vad de visste om. Och så fort hans fru var bortrest så var han tillsammans med sina gamla kompisar.

De tre kompisarna kunde ge varandra alibi för tiden mellan 22 och midnatt, förutom Peter som måste erkänna att han blivit så full att han inte kom ihåg hur han kom hem den kvällen. Men eftersom de andra hade koll på honom och att det också hade bekräftats av serveringspersonalen att de alla varit kvar till sent så kunde de inte vara inblandade i Sjöholms död.

Kvinnan med hunden hade inte kunnat peka ut någon av personerna på fotona, men hon var säker på att bilen var en Golf när hon fick se bilder på olika bilar. Eller en Mazda eller kanske en Peugeot. Det var i alla fall ingen Volvo, det var hon säker på, eftersom de själva hade en sådan.

Personen hon sett hade i alla fall varit klädd i ljusa sommarkläder som definitivt hade kunnat passa för ett restaurangbesök i hamnen, kunde hon också berätta.

Sten hann även med att kontakta de två kvinnorna som hade varit med på restaurangen. Båda hade känt Sjöholm ytligt, en genom hans fru Anita och den andra hade gått i en parallellklass till hans på högstadiet. En av dem hade gått hem tidigt, vilket hennes barnvakt kunde intyga.

Den andra, som kände honom från skoltiden, hade varit kvar tills restaurangen stängde. Hon hade alltid haft en bra relation till Sjöholm, men även hon kunde berätta att han hade varit ganska taskig mot en del av de andra eleverna.

Båda kvinnorna mindes att det varit en tredje tjej med runt bordet men det var ingen de kände närmare. De hade väl sett henne någonstans och skulle nog kunna känna igen henne på ett foto, men de visste inget mer om den tjejen utom att hon inte hade varit kvar så väldigt länge vid deras bord.

Ingen i gänget kunde påminna sig ifall de sett Tord eller snickaren som nu arbetade i Norge, på restaurangen den kvällen när Sten hade visat dem sina foton.

Sten ansåg att han träffat tillräckligt med folk för dagen, nu ville han vara ensam för att sortera sina tankar. Och hur gör man det bäst?

Jo, med en skärgårdstallrik från fiskrökeriet, tre Nynäsöl och en båt.

Sagt och gjort och inköpt och klart så kastade han loss. Först ett stopp hos sin gamle vän på bensinbryggan. Med fulltankad bensindunk plus en 5-liters reservdunk styrde han ut på havet.

Fast ut på öppna havet styrde han inte, nej han tuffade fram i maklig fart mellan öarna och genom de trånga sunden som han så väl kände till. Det var ganska många båtar ute.

Många mindre båtar hade lagt sig vid de otaliga badklipporna, det var mestadels ortsbor. Som kontrast gled stora vräkiga båtar genom sunden och drog upp enorma svall även om de höll hastighetsbegränsningarna. Båtturister på väg söder ut från Stockholm, eller skåningar på väg norr ut, fantiserade han.

Han tuffade förbi den gamla vattenskidklubben som nu låg öde, utan klubbstugan som brann ner för ett par år sedan, och fortsatte en bit till för att se om hans kompis var ute på sitt fina ställe. Ett gammalt fiskartorp utan vatten och el. Det finns inte ens någon bilväg dit. Men det finns en vedeldad bastu vid stranden som han själv hade byggt av diverse brädbitar och ett stort gammalt fönster som öppnade upp ett fantastiskt panorama över viken.

Nu låg det ingen båt vid bryggan så stället var öde. Sten la i alla fall till och tog med sig skaffningen och satt sig i en av de slitna korgstolarna.

Han ringde upp sin kompis som var på väg hem från jobbet. Han skulle nog inte komma ut den här kvällen men Sten fick gärna sitta kvar där och njuta av tillvaron om han klarade av alla knott som suktade efter människoblod.

Sten blev kvar där i över två timmar. Han badade näck från bastubryggan, åt sin skärgårdstallrik och tog en öl. De två öl som blev över lämnade han kvar i jordkällaren som tack för att han fått använda stället denna kväll.

Sen styrde han hemåt, det gick inte fortare än sju knop, men det var ganska nära till Gröndalsviken så han var snart framme vid sin bryggplats.

Väl hemma ringde Malin och bjöd in honom till Stockholm på middag på lördag. Det tackade han gärna ja till och hoppades samtidigt att jobbet inte skulle komma i vägen.

Kapitel 8

Torsdagen den 30 juni

Det regnade när Sten körde in till stationen i Handen, ett lätt fint sommarregn som väl behövdes, speciellt i Nynäs där det är väldigt regnfattigt, eller solrikt om man så vill. Vädret stämmer mer överens med det som är på Gotland än det som är i Stockholm. Det beror väl på att Nynäshamn ligger längst ut i havsbandet.

Maria var endast med på telefon den här genomgången.

Sten och Håkan var nu övertygade om att det låg ett brott bakom Sjöholms död. Maria var mer tveksam och Mats hade ingen färdig åsikt.

Efter Stens dragning av vad han hade fått fram så kunde Mats berätta att ingen av bilarna i Nynäs var aktuell.

– Av de övriga bilarna var det speciellt två som jag tyckte var intressanta och som jag tänker följa upp i dag, sa Mats. Den ena är försvunnen, troligen stulen. Ägaren är en man i 80-årsåldern som använder den väldigt sällan. Han upptäckte att den var borta när jag ringde och frågade om den. Den andra tillhör en ung man som hade lånat ut den till ett par kompisar, men han hade inte fått tillbaka den som utlovat. Båda bor söder om Stockholm.

Även om de tyckte att det var ett långskott så beslutade de sig för att försöka få tag i den tredje tjejen som varit med på restaurangbåten i fredags. För att få tag i henne behövde

69

de ett bra signalement och helst en teckning på hur hon kunde se ut.

Maria visste en bra porträttecknare som hon skulle försöka anlita direkt för Stens räkning.

Mats skulle följa upp de två bilarna och eventuellt efterlysa dem.

Håkans uppgift blev att tala med Sjöholms före detta anställda som slutat och nu arbetade i Norge.

– Undersök hans alibi för fredagen och be honom förklara varför han blivit osams med Sjöholm och varför han inte berättade det direkt.

Tecknaren visade sig vara en kvinnlig konstnär som gärna åtog sig lite lönande extraknäck. Sten hämtade upp henne och hennes skissblock i Farsta.

– Hej, det är jag som är Sten Strand, kriminalkommissarie här på Södertörn. Hoppas du kan hjälpa oss med att få fram en bra bild av en kvinna vi är intresserad av.

– Det beror mest på hur bra beskrivningar av henne jag kan få. Hej förresten, Alina Petrovskaja heter jag, trevligt att träffas.

Det visade sig att Alina var utbildad vid konstakademin i S:t Petersburg på 90-talet. Hon hade haft flera utställningar där och i Estland och Lettland, men konkurrensen var mördande med så många begåvade och välutbildade konstnärer på den sidan av Östersjön. Så hon hade emigrerat till Sverige och Stockholm för tio år sedan. Här försörjde hon sig främst som lärare på diverse studiecirklar, men hon hade också en hel del uppdrag från bland annat Riksdagen och Stadshuset med att måla porträtt av våra folkvalda politiker. Men framförallt var livet lite enklare i Stockholm jämfört med i Peters som S:t Petersburg allmänt kallas i Ryssland.

Dagen gick åt till att träffa Sjöholms tre kompisar och de två kvinnorna som varit med i fredags. Alina gjorde en mängd skisser av den okända kvinnan baserade på beskrivningarna vilka skilde sig ganska mycket åt. Dock tyckte de att kvinnornas och Ivans beskrivningar stämde bäst överens.

Alina ville sedan fortsätta med att färdigställa bilden i sin ateljé så Sten skjutsade henne till pendeltåget.

– Jag mejlar över bilden så snart den är klar, senast i morgon förmiddag, lovade Alina och försvann för att hoppa på tåget.

– Det blir bra och lycka till, hej då! ropade Sten tillbaka.

Wow, vilken kvinna, tänkte han, konstnärlig, spännande och snygg. Vacker på ett speciellt sätt, han kunde inte sätta fingret på vad det var, men han gillade det. Han hade ingen lust att åka hem direkt för att äta en ensam middag, så han tog ett snabbt beslut att åka in till Stockholm för att kanske träffa Malin, eller få tag i någon bekant som var sugen på en bit mat.

Sagt och gjort, han lämnade bilen på parkeringen, sprang till tåget som just skulle gå, och klev på i samma vagn som Alina satt.

– Hej Alina, ursäkta men jag följer inte efter dig. Jag fick bara sådan lust att åka in till stan för att äta en bit mat på någon bra uteservering. Förhoppningsvis med min dotter Malin, sa Sten och tog upp telefonen för att ringa henne.

Malin svarade inte, men han visste att hon skulle ringa tillbaka så snart hon såg att han hade ringt. Klockan var redan halv fem så för att få något sällskap ringde han även till sin gamle vän Calle. Och jodå, han och Maggan ville gärna gå ut och ta en bit mat, så de bestämde sig för att ses vid Dramaten klocka sex. Siktet var inställt på någon restaurang längs Strandvägen, längre bort mot Djurgårdsbron. Om de nu skulle få någon plats en sån här inbjudande sommarkväll när halva Stockholm och alla turister verkade vara ute i samma ärende som Sten.

– Du får gärna följa med, sa Sten till Alina, men hon tackade som väntat nej.

Hon hade ju ett uppdrag att slutföra så snart som möjligt.

Synd men det kanske blir något annat tillfälle, tänkte Sten och log för sig själv.

Calle och Maggan dök nästan upp som planerat, bara en halvtimme sent men det gick ingen nöd på Sten där han satt i solen på trappan och njöt.

Sen gick de längs Strandvägskajen tillsammans med en miljon andra, kändes det som. Allt var fullt på den sidan av Djurgårdsbron, men på andra sidan gick det bättre. Malin ringde och meddelade att hon och Artur också skulle komma men lite senare, så de skulle inte vänta med att beställa in mat. De fick fyra bra platser och det skulle nog gå att tränga in en till när väl Malin och Artur dök upp.

– Jag var ute en sväng med båten i går och åkte förbi vattenskidklubben, sa Sten. Det är för tråkigt att se hur lite aktivitet det är nu för tiden.

– Även om jag inte är förbi där så ofta så håller jag med dig, sa Calle. Jäklar, vad vi hade det kul när vi höll på som bäst.

Som alltid förlorade sig de gamla vännerna i sina minnen, så det var tur att Malin med sällskap dök upp och drog upp dem till nutid igen.

– Sitt inte där och grotta, tänk på Maggan, det kan inte vara så kul för henne att alltid få höra samma saker om och om igen, inledde Malin, och presenterade Artur.

En god middag, fantastiskt sällskap och gott vin. Vad kunde man mer begära i en miljö som bara Stockholm kan bjuda på en junikväll.

Inget, det var samtliga överens om när de skiljdes efter en stilla promenad till Centralen. Sten tog pendeln, Malin och Artur tog tricken medan Calle och Maggan bara hade en kort bit kvar att gå innan de var hemma.

När Sten kom hem fann han Tussan, grannens hund, uppkrupen i finsoffan. Han hade glömt altandörren öppen, så den lilla rackaren hade utnyttjat tillfället till en skön stund i ensamhet.

Nu följde hon snällt med hem och Andreas blev otroligt glad, de hade letat efter henne i ett par timmar och hunnit bli ordentligt oroliga. Nu ville han bjuda på en whisky som tack och som ursäkt för att själv få sig en rackabajsare.

Till Andreas besvikelse tackade Sten nej, han skulle upp och arbeta i morgon och vinet till middagen skulle i alla fall kännas i huvudet hela förmiddagen.

Kapitel 9

Fredagen den 1 juli

Mycket riktigt, Sten försov sig och fick rusa iväg utan frukost och dusch. Han kände sig inte så fräsch när han kom fram till polisstationen i Handen. Men han var där i tid. Håkan och Mats var på plats.

Fantombilden var klar och låg i inboxen.

Dagens genomgång började med att Mats kunde berätta att den gamle mannen, som hade fått sin röda Peugeot stulen, i själva verket glömt bort var han hade ställt den. Bilen var återfunnen och inte körd på över två veckor. Han som lånat ut bilen till kompisar hade ännu inte fått den tillbaka. Kompisarna hävdade att bilen blivit stulen utanför deras bostad men att de hade skämts så mycket att de inte vågat berätta det. Ägaren, Claes Broberg, hade nu anmält bilen stulen. Varken kompisar eller Claes hade någon koppling till Sjöholm eller Nynäs. Bilens ägare bor i Västertorp, är 29 år och arbetar på en högstadieskola i närheten.

Han var hemma och såg på tv ensam förra fredagen.

De som lånade bilen har alibi för den kvällen, de var i Norrtälje på en privat fest, berättade Håkan. Sjöholms före detta anställde, Samir Almadi, som nu arbetar i Norge medgav att de hade kommit ihop sig om betalning. Han hade inte fått betalt för extratimmar trots att de var beordrade av Sjöholm. Sjöholm hade tyckt att han arbetade för långsamt.

Samir tyckte att han blev behandlad sämre än sina "svenska" arbetskamrater.

– Varför berättade han inte detta från början? undrade Sten.

– Han var trött på Sjöholm och ville inte bli inblandad i något som hade med honom att göra, var hans lite krystade förklaring.

– Var han i Norge förra fredagen?

– Jo, han säger att han var i Oslo fast han var ledig fredag, lördag, söndag. Det enda alibi han har är att han var på fredagsbönen i en moské utanför Oslo. Sen har han inte träffat någon, så rent teoretiskt skulle han ha hunnit till Nynäs i fredags eftermiddag. Han äger eller har ingen tillgång till någon rullstol, kör en Volvo V50 och har aldrig varit i kontakt med droger, dricker inte ens alkohol, avslutade Håkan.

– Låt oss summera, sa Sten, vi har ett misstänkt brott. Narkotikabrott, misshandel eller rent av mord. Vilket vet vi inte. Vi har inget tydligt motiv, men det är två områden som sticker ut, mobbning i skolan och mobbning i arbetslivet. Vi har ingen misstänkt men tre personer är mer intressanta än andra. Det är kollegan Samir, skolkamraten Tord samt den okända kvinnan på restaurangen. Vi bör hålla ett öga på Samir och Tord. Håkan, gräv fram så mycket som möjligt om de två.

– Okej, jag ägnar dagen åt det, svarade Håkan.

– Vi har nu en teckning av hur kvinnan från restaurangen kan se ut. Det är en blond tjej, 25–35 år, klädd i ljusa sommarkläder, beigea byxor, ljus skjorta eller blus. Något

76

över medellängd, drygt 180 centimeter. Jag skickar över den till er nu, sa Sten. Visa den för alla ni träffar.

– Skall vi inte offentliggöra bilden, undrade Mats.

– Nej, vi avvaktar, sa Sten. Jag skall visa den för så många som möjligt i Nynäs under dagen. Om vi inte får någon träff så går vi ut med teckningen i Nynäsposten på tisdag. Men bara om Maria anser att vi skall gå vidare med undersökningen. Och du Mats, skicka ut en speciell efterlysning av den stulna bilen till alla polisdistrikt i Stockholmsområdet. Sen vill jag att du besöker Sjögrens föräldrar i Västerås och Anita Sjögrens ex i Stockholm för att se om de känner igen kvinnan på teckningen.

Konstigt fall det här, tänkte Sten när han körde tillbaka till Nynäs. Hans magkänsla sa honom att det låg ett allvarligt brott bakom Sjöholms död, men de hade inget konkret att gå på utom några personer som var intressanta för utredningen men som inte var direkt misstänkta.

Är vi ute på fel spår?

Kanske var inte Sjöholm utsatt för något brott med personlig bakgrund, kanske hade han bara varit på fel plats vid fel tillfälle?

Thåström sjöng "Staten och kapitalet" ur bilhögtalarna och Sten sjöng med.

Sten åkte runt till alla som han varit i kontakt med rörande Sjöholms död och visade dem fantombilden som Alina hade gjort.

– Jag känner inte igen den tjejen, men berätta vad ni kommit fram till, går undersökningen framåt över huvud taget? sa Anita när hon fick se bilden. Vi börjar alla bli frustrerade, Magnus föräldrar är helt förtvivlade, de har försökt kontakta polisen men får inget besked. Barnen vägrar gå till skolan eftersom deras kompisar hela tiden frågar vad som hänt deras pappa och jag vet inte vad jag skall ta mig till!

Sten kände att han inte gjort tillräckligt för att informera de anhöriga. Så blir det ofta under en intensiv utredning, att han aldrig lärde sig. Därför drog han läget så detaljerat som han kunde. Det var otillfredsställande att de inte kommit längre och Anita blev upprörd.

– Hur kan ni tro att Magnus hade varit så elak att mobbning kan ligga bakom! Han var en snäll och omtänksam person, menade aldrig något ont och ångrade sig när han ibland hade sårat någon. Jag känner inte igen honom i din beskrivning, sa Anita, gå här ifrån och gör ett bättre jobb!

Teo kände igen tjejen på teckningen, men bara för att konfirmera att hon varit med på restaurangen förra fredagen, han visste fortfarande inte vem hon var. Detsamma med Ivan, Peter hade varit för berusad för att komma ihåg några detaljer.

Hos Tord tändes ett hopp, han tyckte sig känna igen ansiktet men kunde inte placera det.

Han fick behålla bilden och lovade att återkomma om han kom på vem det kunde vara.

I grillkiosken gick det också lite halvdant, Sofia tyckte sig känna igen tjejen på teckningen som en kund. Kanske var det från förra fredagen, men det kunde även varit någon annan dag. Även hon behöll en kopia och skulle hålla ögonen öppna om hon såg någon som liknade porträttet, då skulle hon ringa Sten direkt, lovade hon.

– Får jag sätta upp det i kiosken och skriva till "Wanted" under bilden? undrade Sofia.

– Nä, så gör vi inte riktigt här i Sverige skrattade Sten till svar, men om vi går ut med det i Nynäsposten på tisdag får du mycket gärna ha den liggande framme så att era kunder kan se det.

Damen med hunden, som hade gjort iakttagelserna på fredagskvällen, kunde inte med säkerhet säga om det var kvinnan på teckningen som hon sett, men det kunde i alla fall inte uteslutas.

Kapitel 10

Det tog hela dagen att åka runt och visa bilden för alla han kunde komma på utan att det blev något definitivt genombrott. Han bestämde sig för att åka hem och därifrån tala med Håkan och Mats, och också med Maria, för att besluta om fortsatta aktiviteter.

Vädret var inte det allra bästa så någon kvällstur med båten var inte aktuell, det fick bli en lugn hemmakväll i stället. Dessutom var han var ju bjuden till Malin i Stockholm i morgon kväll.

Men det blev en snabb sväng förbi Bolaget för några öl. Rött och vitt vin hade han hemma men det gick åt mer öl än vin på sommaren. Sedan in på Konsum där han köpte några extra kryddiga korvar och färsk potatis.

Han parkerade bilen utanför sitt garage i den gemensamma garagelängan. Det var mest prylar i garaget så bilen hade inte fått plats där på flera år. Det var skidor, en extramotor till båten, en gammal grill, cyklar och onödigast av allt, en snöslunga. Den hade han köpt när det blev populärt och flera av grannarna hade köpt var sin. Men, i ett radhusområde som plogades av inhyrd fastighetsskötare, och där gången från brevlåda till entrédörr inte var mer än fem meter lång, hur användbar var då en snöslunga? Det tog ju betydligt längre tid att ta fram och starta den än att skotta den lilla biten för hand. Men stora pojkar vill ju också ha leksaker.

Sten öppnade altandörren, ställde ölen på kylning och satte sig ner vid köksbordet för att stämma av dagens arbete med sina kollegor.

Mats hade skickat ut den speciella efterlysningen av bilen och samtidigt uppmanat kollegorna att hålla utkik efter vilken röd Peugeot som helst som såg övergiven ut eller på annat sätt drog åt sig uppmärksamhet.

– Jag åkte ända till Västerås för att träffa Sjöholms föräldrar, de är helt förkrossade och kan inte förstå att någon skulle vilja deras som något ont, sa Mats. Nu hade de sitt yngsta barnbarn, Sara, hos sig, vilket hjälpte dem att tänka på framtiden i stället. Det var nästan som om de inte ville att vi skulle gräva mer i deras sons dödsfall utan lämna det som det är och betrakta det som en olycka. Men jäklar vad fint de bodde i en stor ny bostadsrätt alldeles vid Mälaren och med en stor småbåtshamn precis utanför. Riktigt läckert och till priser långt under det jag måste betala i Stockholm, fortsatte Mats. Men till det viktigaste, de tyckte att kvinnan på teckningen var bekant, men inte så att de kunde namnge henne. De lovade i alla fall att titta igenom sina gamla fotoalbum från Nynäs för att se om de kunde hitta något.

Samtalet med Anita Sjöholms ex gav inget, förutom att han nu funderade på att försöka få vårdnaden om sina två barn och att han planerade att flytta hem till England.

– Kan detta vara ett motiv för att få Magnus Sjöholm ur världen, undrade Mats.

– Det kan det kanske vara, underligare saker han man ju stött på, sa Sten. Kolla upp om Anita Sjöholm och hennes ex har gått igenom någon offentlig vårdnadstvist, gärna nu innan du går hem. Sen skall du ha en riktigt bra helg, men ring mig om du hör något om den eftersökta bilen.

– Jag har lagt in ditt namn som kontaktperson om någon finner bilen, sa Mats, så det lär du få reda på ändå.

Sten kunde riktigt se framför sig hur Mats log belåtet i andra ändan av telefonlinjen.

– Samir och Tord, vad har du fått fram om dem? undrade Sten när han hade Håkan på telefon.

– Samir hade haft möjlighet att vara i Nynäs förra fredagen. Jag kollade upp tågbolagen och han åkte faktiskt till Stockholm på eftermiddagen och var framme på Centralen klockan 16.16.

– Bra Håkan, mycket intressant, vad var Samirs kommentar till detta?

– Han medgav att han varit i Stockholm, men jag fick hota med att ta in honom på formellt förhör i en mordutredning för att han skulle berätta vad han gjort där och varför han inte heller berättat om detta för oss. Han hade helt enkelt träffat en man, sin pojkvän, som bor i Stockholm. Samir vill för allt i världen hålla detta hemligt för sin familj som inte har något överseende med homosexualitet. Han skulle helt enkelt bli utestängd från familjen av sin far, därför ber han oss att inte sprida detta vidare.

– Har du kollat upp den här informationen på något sätt? undrade Sten.

– Jo, jag kontaktade pojkvännen och han bekräftade att Samir varit hos honom från fredag till söndag. Han kunde även berätta att de varit på en restaurang på fredagskvällen och att Samir betalat med sitt kreditkort. Även detta stämmer, jag har redan kollat. Så vi kan nog avfärda Samir från vår utredning.

– Det håller jag med om, men vi behåller honom som intressant person i Sjöholms omgivning till vidare, tycker jag sa Sten. Vad fick du fram av Tord?

– Också Tord skulle teoretiskt ha kunnat varit i Nynäs på fredagskvällen. Det tar tjugo till trettio minuter att köra från bostaden på Torö till Nynäs. Hans grannar säger att han varit hemma under fredagen men kan inte gå i god för att han varit där alla tjugofyra timmarna. Hans tjej säger att han varit hemma hela tiden förutom en del ärenden till lanthandeln. Eftersom hon är handikappad efter en trafikolycka har hon svåra smärtor ibland vilket gör att hon då måste ta ganska starka tabletter. Därför går hon och lägger sig ganska tidigt och kan därför inte ha full kolla på Tord, men hon skulle definitivt höra om han åkte iväg med bilen. Och det hade han inte gjort någon kväll den senaste tiden, det var hon helt säker på. Men det intressanta, Tords tjej Madde har en rullstol som används när de åker ut med bilen.

– Så lite svagt kan man säga att Tord hade motiv, möjlighet och kunskap att droga och misshandla Sjöholm, sa Sten. Men vad är kopplingen till den röda bilen? Kan han ha stulit den i Västertorp, det är ju en bra bit längre dit än till Nynäs så hur skulle han kunna smita iväg dit utan att tjejen märker något?

– Han kanske drogade henne också, han har ju den möjligheten, sa Håkan.

– Jo, det är ju en möjlighet, men varför göra detta nu när han börjat få ordning på sitt liv, det är något som inte stämmer. Tack Håkan för mycket intressant information. Nu skall jag ringa Maria för en avstämning och beslut om hur vi går vidare. Om inget annat händer så önskar jag dig en trevlig helg.

Maria var upptagen och bad om att få ringa upp om en liten stund, så Sten gick ut i regnet på altanen för en nypa luft. Tussan kom över, ställde sig under det gula parasollet och ruskade av pälsen. Han hade inget att äta för henne just nu, det fick bli senare. Även Andreas var ute och skymtade bakom häcken.

– Hej Sten, vad gör du i kväll, undrade han, har du lust att komma över på en bit färsk torsk? Sofia är hos sin mamma över helgen.

– Tack, det skulle sitta utmärkt, då tar jag med mig en flaska vitt! Men jag måste jobba en stund till, du kan väl sätta på potatisen så länge.

När Maria ringde tillbaka redogjorde Sten för de senaste dagarnas utredning. Det intressantaste spåret var onekligen Tord, men det var även viktigt att spåra upp bilen och att försöka identifiera kvinnan på fantombilden.

– Det är jävligt viktigt att vi inte anklagar Tord för något bara för att han finns i våra gamla register, sa Maria. Jag vill inte att vi förhastar oss, ta helgen ledigt. Under tiden har vi förhoppningsvis hittat bilen och om ingen har identifierat kvinnan på teckningen tills på måndag, så försöker vi få in den i Nynäsposten på tisdag eller onsdag.

– Okej, så gör vi men Nynäsposten kommer bara ut på tisdagar och fredagar, så det får blir tisdagens nummer om vi inte skall tappa allt för mycket tid, svarade Sten. Då får vi önska varandra en bra helg, jag hör av mig om någon ny information skulle dyka upp.

– Gör det, men för fan, ring mig inte mitt i natten, sa Maria och la på.

När Sten slog ihop anteckningsboken bestämde han sig för att ägna måndagen åt att dokumentera allt som hänt den senaste veckan i fallet Sjöholm. Sen bytte han om till shorts, en t-shirt och seglardojor, kastade en långärmad tröja över axeln om det skulle bli kyligt, hämtade vinet ur kylen, sköt till altandörren och trängde sig genom den våta häcken in till Andreas.

Kapitel 11

Andreas hade, som oftast på sig ett elegant grillförkläde i skinn. Det hade han fått i femtioårspresent av grannarna inklusive Sten och hade blivit en naturlig del av Andreas grillprocedur.

– Tjenare, hoppas jag inte dröjde för länge, här är vinet, var är glasen! utropade Sten.

– Välkommen i ruskvädret, jag har till och med satt på infravärmen på altanen, hoppas det inte blir allt för kallt. Färskpotatisen är på spisen, torsken ligger i aluminiumpaket med olja och kryddor, och grillen är snart glödande varm. Andreas verkade vara på ett utmärkt humör denna fredagskväll. Du vet var glasen finns, hämta dem är du snäll.

Som tur var hade Andreas och Sofia byggt till ett ganska stort tak över altanen, som var så väl tilltagen det nu gick på den lilla radhustomten. Sten satte sig bekvämt i soffan och betraktade den seriöse grillmästaren. Han log åt allvaret som Andreas utstrålade.

Ser jag lika fånig ut när jag agerar grillmästare? tänkte han.

Andreas, som arbetade som projektingenjör på Telia i Farsta, var alltid nyfiken på att höra vad Sten kunde berätta om sitt polisarbete. Sten drog i korthet vad som hänt med Sjöholm med vinkeln att det troligen var en olycka som han råkat ut för. Andreas son hade gått i skolan tillsammans med Magnus Sjöholm och kom ihåg honom som en kille som var lite stökig på rasterna, livfull och bra på brännboll.

Maten smakade utmärkt, Andreas hade köpt fisken av en av de få yrkesfiskarna i Nynäs, han som säljer direkt från båten nära gästhamnen. Vinet gick åt till maten så Andreas hämtade ut några öl till altanen. Där satt de och snackade om allt möjligt, för att sen komma in på hur vi tar hand om våra gamla. Andreas berättade att hans svärmor hade blivit ganska dålig och inte kunde ta hand om sig själv. Men hon fick ingen plats på något äldreboende utan var hänvisad till att personal från hemtjänsten kom hem till henne sju gånger per dygn. Nu kände hon sig otrygg i sitt eget hem eftersom det hela tiden kom olika hemvårdare. I alla fall kände hon det så.

– Och samtidigt går mina skattepengar till höga vinster på konton i skatteparadis, utbrast Andreas. Jag hör nästan dagligen om de smarta idioterna som sätter sin girighet före kvalitet och långsiktighet i skola, sjukvård och hur vi tar hand om våra äldre. Argumentet som politikerna använde var väl att privata alternativ kunde driva dessa verksamheter lika bra och till lägre kostnad än i offentlig regi. Avsikten var att sedan minska "bidragen" till dessa privata alternativ successivt eftersom de är så fantastiska på att driva dessa verksamheter effektivt. Därmed skulle man också hitta en lämplig kostnadsnivå för kommuner och landsting, fortsatte Andreas som nu kommit igång ordentligt. Och vadå effektivisering, för vem! Den utlovade "effektiviseringen" används ju till att ta ut ännu högre vinster, skattefritt dessutom, och att kvalitén försämras.

– Jo, det är för jävligt höll Sten med, men de små lokala entreprenörerna som startar eget sliter hårt och gör en fantastisk insats på det lilla planet. Om de sen tjänar lite mer än som offentliganställda så är de väl värda det.

– Visst, men de stora drakarna, fortsatte Andreas sin utläggning, att de över huvud taget har fräckheten att kalla sig *risk*kapitalister när de till ett underpris köper in sig i en verksamhet med garanterade öronmärkta skattepengar för varje elev, varje sjukbesök och för varje åldring de vårdar! Vadå risk, fegiskapitalister borde vi kalla dem i stället!

De gav den sista biten fisk till Tussan som blev överlycklig, hon hade suttit bredvid dem hela kvällen och suktat efter någon godbit.

Innan de skiljdes kunde de i alla fall enas om att hemtjänsten inte skall drivas effektivt till lägsta kostnad, den skall drivas med värme och omtanke och att besöken **skall** få ta tid.

– Hej och god natt, tack för en utmärkt middag! I morgon skall jag in till stan och bli bjuden middag hemma hos Malin. Vi kanske ses på söndag, sa Sten och slank genom häcken.

Där fann han Tussan ogenerat sovande på den mjuka dynan i en av korgstolarna. Hon såg nästan förnärmad ut när han väckte henne och såg till att Andreas tog med henne hem.

Kapitel 12

Lördagen den 2 juli

Det verkade bli en vacker sommardag, himlen var klarblå och luften var hög och frisk som den bara kunde vara i Stockholms skärgård.

Sten hämtade tidningen, satte sig under sitt gula parasoll med kaffe och rostat bröd. Marmeladen var som alltid av typen "Old English". Han såg fram emot att träffa Malin igen, de hade bestämt att han skulle komma till henne vid fyratiden, så han hade några timmar att slå ihjäl. Vilket kanske inte var ett så bra uttryck för en kriminalkommissarie, tänkte han.

Varför inte titta på någon begagnad båt i hamnen?

Det blev shorts och en gammal t-shirt, cykelhjälm och full fart nerför backen mot marinan och båthandlarens butik. Han visste att de hade haft en 5-meters styrpulpetare med vindruta och två bekväma stolar till salu. Hoppas den fanns kvar.

– Hej Rune, hur är läget, det vekar vara högtryck i dag, sa Sten.

– Hej, jo det är på sådana här dagar jag lever på under vintern, jag får tacka vår utmärkta gästhamn. Utan den hade det inte varit så många som behövt så många båtprylar, svarade Rune.

– Har du kvar den där styrpulpetaren, med 50 hästarn till salu, jag skulle vilja prova den om möjligt?

– Visst, det gå bra, men kan du lugna dig en timme så skall jag se till att den är tankad och klar att prova om du lovar att inte ta den till Utö för en helkväll där på hotellet, sa Rune halvt på skämt, halvt på allvar.

– Bra, då kommer jag in och hämtar nycklarna.

Sten gick ut på den långa piren och satt sig för att njuta av alla vackra båtar som låg förtöjda där. Det var stora 20-meters motorbåtar, segelskutor och gamla salongsbåtar i trä. Flaggorna visade på att de kom från Tyskland, Finland, Åland, Norge och till och med en från Nya Zeeland. Han såg även en hel del personer som såg ut som amerikanska turister, med kamera och tyghatt. Och visst, när han sträckte på sig kunde han se ett gigantiskt kryssningsfartyg som låg på redden en bit utanför hamnen. Nynäs används som hamn för de största fartygen, de som är för stora för att gå in till Stockholm. De flesta passagerarna åker buss in till Stockholm, men en del väljer att stanna kvar i Nynäs, vilket är mycket positivt för stans handlare.

Det borde göras ännu mer för att få dessa passagerare att stanna kvar här, tänkte Sten.

Fnutten kom förbi och satte sig på bänken bredvid Sten. Bjöd på en slurk bira som Sten tackade nej till. Han skulle gärna ha smakat på ölen, men som polis kunde han inte gärna sitta och drick öl på lördagsförmiddagen med en av stans A-lagare. Han skämdes lite för sin självpåtagna begränsning,

Fnutten var en gammal bekant som var värd all den respekt, hade han tackat nej om skepparen på båten framför dem hade hoppat iland och bjudit på en öl? Nej, troligen inte.

– Känner du igen den här tjejen? undrade Sten och visade en skrynklig kopia på fantombilden för Fnutten.

– Från när då? undrade han.

– Från förra helgen, Midsommarafton mer bestämt, var du här i hamnen då på kvällen?

– Jo, jag var här i närheten. Varför frågar du?

– Hon kan vara inblandad i Magnus Sjöholms drunkningsolycka så vi skulle gärna vilja ha tag på henne för att reda ut vad som verkligen hände den där kvällen.

– Få se igen, sa Fnutten. Jo, jag kan ha sett henne, det var en snygg blond tjej som höll på att rota i en bil på parkeringen, det såg ut som om hon höll på att byta om. Det kan ha varit hon på teckningen, men jag är inte säker.

– Såg du vad det var för bil hon hade?

– Nja, är inte så bra på bilar, har aldrig haft någon själv men att den var röd, det kommer jag ihåg.

– Vilken tid var det som du såg henne?

– Det kommer jag inte ihåg men det måste ha varit före klockan åtta på kvällen, för då var jag redan hemma hos en polare och lirade veckans pokeromgång.

När Sten gick för att hämta nyckeln till båten han skulle prova tänkte han att de nu hade en ganska stark indikation på att bilen och kvinnan hör ihop. De måste få tag i bägge.

Båten var tankad och klar. Han tog på sig flytvästen han lånat, och solbrillorna, innan han klev ombord. 4-taktaren surrade tyst igång och båten gled förbi gästbryggornas enorma båtar ut på fjärden. Det var bara en svag sjöbris och Sten satt i en bekväm stol bakom den skyddande vindrutan. Han njöt, båten gick lätt upp på planing, men den uppträdde också bra i så låg fart som sju knop. Det var den hastighet som han trivdes bäst i.

Varför inte köpa en snipa att tuffa omkring med i stället? tänkte han.

Väl tillbaka till bryggan hade Sten bestämt sig för att avvakta med att köpa ny båt, först måste han bestämma sig för vad han egentligen ville ha. Han skulle också fråga Malin om hennes åsikt.

Sten cyklade hem och åt en lätt lunch på ägg och bacon, plockade fram en flaska rött och en med vitt vin att ta med sig till Malin. Han visste ju inte vad hon skulle bjuda på för mat till kvällen.

Sen cyklade han tillbaka till stationen och hoppade på pendeln till Stockholm.

Malin bodde i andra hand på Ölandsgatan i en liten etta över gården. 3 trappor upp utan hiss. Det luktade gott redan i trapphuset och när hon öppnade dörren slog en doft av allehanda kryddor emot honom. Malin visste att han älskade stark mat och nu anade han att det skulle bli något indiskt.

— Artur är på väg, han ringde just från Medis, han hade varit på saluhallen och köpt färskt bröd.

Det blev en god och mycket starkt kryddad middag. Artur visade sig vara en mycket trevlig kille. Han studerade till arkitekt och hade många intressanta idéer om bebyggelsen i Stockholm och hur man skulle kunna göra Nynäs ännu intressantare genom att utnyttja skärgårdstemat på ett bättre sätt.

– Bra att du tog pendeln in till oss vi vill inte ha några fler bilar i stan, sa Malin. Jag och några av mina vänner funderar på att dra igång "The 222 drive for our planet" och få FN:s klimatgrupp att ställa sig bakom ett sånt initiativ.

– Och vad menar du med detta 222-initiativ? undrade Sten.

– Bilarna blir bara större, tyngre och med starkare motorer. Tillverkarna motiverar detta med att motorerna blir mer och mer effektiva och att bränsleförbrukningen och utsläppen inte ökar. Men hur mycket skulle inte bränsleförbrukningen och utsläppen **minska** om denna effektivisering i stället utnyttjades i normalstora bilar. 222 står för att inga stora nya bilar som drivs med fossila bränslen såsom bensin och diesel får produceras. Sätt en gräns på maximalt vikt av 2 ton, inga motorer större än 2 liter och med maximalt 200 hk effekt, förklarade Malin.

– Det skulle vara fantastiskt om det gick att genomföra en sådan begränsning, höll Sten med om. Men det sätter nog bil- och oljemaffian stopp för.

– Det är just därför som FN måste driva en sådan här viktig fråga. För vem behöver dessa stora monster till bilar, inga normala familjer i alla fall? Och var får man köra fortare än 120 kilometer i timmen förutom på vissa sträckor på Autobahn i Tyskland?

– Det går ju att göra normalstora bilar lyxiga och med alla elektroniska finesser för dem som vill betala, sa Artur som också hade engagerat sig i detta. Helst skulle han se ett totalt bilförbud i storstäder, men insåg att det varken var ett praktiskt eller ett realistiskt alternativ på kort sikt. För att det skall vara möjligt krävs en helt ny stadsplanering med nya trafiklösningar så att känslan av frihet med en egen bil kan bibehållas för de allra flesta. Och det tänker jag arbeta för när jag är färdig arkitekt, förklarade Artur med ungdomlig entusiasm.

Det blev inte speciellt sent hos Malin, så Sten tog en promenad genom Sommarstockholm till Centralen. Södra Station hade varit närmare men han gillade att gå över Götgatspuckeln, ner förbi Slussen och genom Gamla Stan där han passade på att slinka in på Freden för en kall öl.

Söndagen den 3 juli

Det blev en lugn söndag. Det var mulet och blåsigt, så Sten stannade hemma.

Han läste ut en gammal bok av Ulf Lundell och satte sig sen framför datorn och gick in på Blocket för att kolla på båtar.

Tussan kom in och hälsade på, hon fick en halv skinkmacka, slickade sig om munnen och gick hem igen. Det blev den enda varelsen han hade kontakt med den dagen.

Sten hoppades på något genombrott i undersökningen av Sjöholms dödsfall i början av nästa vecka.

Kapitel 13

Måndagen den 4 juli

Veckan började med en sådan där dag då allt verkar stå stilla. Ingen telefon ringde och det var tomt på stationen i Nynäs där Sten tänkte tillbringa dagen.

Han ringde upp Mats som inte heller hade hört något resultat av efterlysningen av den röda Peugeoten.

Ingen hörde heller av sig med anledning av fantombilden de hade delat ut förra veckan. Så han ringde upp Maria för att besluta om det fortsatta utredningsarbetet.

– Hej Sten, hoppas du har haft en bra helg och att du har något intressant att berätta, svarade Maria, jag har lite bråttom till måndagsmötet så du får ta det snabbt.

Det var fasen vad hon alltid har bråttom, det verkar inte som om hon prioriterar oss på fältet, tänkte Sten.

– Tack, helgen var bra, men det har inte kommit in något om bilen eller om kvinnan på teckningen.

– Då vill jag att du sätter in bilden i Nynäsposten med en försiktig text om att hon är anmäld försvunnen, inget som kopplar vår efterforskning till Sjöholms död.

– Om hon är anmäld försvunnen bör vi ju ha ett foto och ett namn på henne, jag får hitta på någon annan förklaring eller helt enkelt inte lämna någon förklaring.

OK, sen tycker jag att du använder de närmsta dagarna åt att dokumentera allt som hittills framkommit i utredningen.

96

– Det skall jag göra, sa Sten. Jag vill också att vi tar ett nytt besök hos Sjöholms skolkamrat, Tord. Mats får åka dit och leta efter rullstol och bil. Om han inte blir insläppt vill jag ha din hjälp att ordna fram ett beslut om husrannsakan.

– Låter bra, hör av dig i så fall, nu måste jag lägga på, hej då, sa Maria och försvann.

Mats fick uppdraget att besöka Tord och han tog med sig kriminalteknikern Patricia som skulle undersöka en eventuell rullstol.

Sten ringde också upp Håkan som lät trött och beklagade att han måste arbeta nu när de flesta hade semester. Men det är hans normala jargong, Håkan trivs egentligen väldigt bra med att ha jobbet att gå till. Han trivs bättre på jobbet än hemma nu när han är ensam.

– Ryck upp dig, sa Sten. Jag har blivit beordrad att göra pappersarbete ett par dagar. Det slipper i alla fall du.

– Okej, okej. Vad vill du mig då? Hoppas det är något otroligt stimulerande och väldigt roligt.

Sten gick igenom samtalen han haft tidigare på morgonen och bad sedan att Håkan att kontakta Nynäsposten för att få in teckningen i morgondagens tidning.

– Be dem skriva något som: "Polisen vill ha upplysningar om vem denna kvinna kan vara. Hon sågs i Nynäs fredagen den 24 juni. Alla iakttagelser mottages tacksamt till telefonnummer 08-xxxxxxx". Nämn inget om Sjöholm i texten.

97

– Visst, jag gör det direkt.

– Sen undrar jag om du fått fram något om Anita Sjöholm och hennes förre man, om de har eller har haft någon vårdnadstvist om barnen?

– Ursäkta, det har jag glömt att berätta, svarade Håkan, det finns inget registrerat om dem. Jag talade även med Anita och hon kunde bekräfta att de själva kommit överens om hur de skulle hantera vårdnaden. Men att hon nu var orolig att Steven skulle flytta till England och ta med sig barnen dit.

– Då så, då avför vi ett sådant motiv. Vi hörs senare, avslutade Sten.

– Ha det så bra med din favoritsysselsättning, du som älskar pappersarbete, sa Håkan och Sten kunde riktigt se hans skadeglada flin i andra änden.

Det blev en lång dag med rapportskrivning där det mesta togs ur minnet men med stöd av Stens lilla grå anteckningsbok och rapporten som obducenten Solidad hade skrivit. Det blev många koppar kaffe och ett antal wienerbröd som han köpte på Müllers, enligt hans mening Nynäs bästa konditori. Det som ligger snett över gatan från stationen.

Han blev inte klar med rapporten den dagen, främst för att det var mycket att gå igenom men också för att sammanställningen gav honom tid att reflektera och att försöka se på fallet ur någon ny synvinkel.

Var det verkligen ett mord, en olyckshändelse eller misshandel som oplanerat slutade med ett dödsfall? Var det utpressning, otrohet eller gamla eller nya oförrätter som låg bakom?

Hade Sjöholm någon relation till den som eventuellt dödade honom eller var det bara en slump att just han drabbades?

Sten lutade åt mord eller grov misshandel baserat på id-handlingarna prydligt i en plastpåse, på Calmoinen, på stället där Sjöholm hittades och på att han plockats upp av en okänd röd Peugeot utanför grillkiosken i hamnen tidigare på kvällen. Men vem var förövaren, bilföraren, Tord, den okända kvinnan på restaurangen eller någon konkurrent eller kollega?

Han hoppades att Mats och Solidads kontroll av Tord skulle ge några svar och att fantombilden i Nynäsposten ger klarhet i vem kvinnan kunde vara.

Mats och Håkan avlade sina rapporter innan han hann gå hem. Håkan berättade att Nynäsposten skulle ta in teckningen under morgondagen. De hade inte blivit glada över att få materialet så sent, men de var nyfikna på varför polisen var angelägen om att den skulle in.

– Så jag lovade att de skulle vara de första att informeras av oss, före de stora drakarna, sa Håkan, och det nappade de givetvis på.

– Bra, vilket telefonnummer lämnade du? undrade Sten.

– Till vår tipscentral. Jag har informerat dem om att vi förväntar oss en del samtal från Nynäs om en fantombild. De sammanställer sedan de inkomna tipsen åt mig.

Mats och Solidad hade blivit insläppta under protester av Tord och hans flickvän.

– Han var lite förbannad över att vi, som han sa, trakasserade honom bara för att han tidigare blivit straffad, berättade Mats. Madde hade verkligen en rullstol men den verkade inte ha varit använd på länge. Solidad tog några prover från den för att kunna leta efter några kopplingar till Sjöholms kläder eller DNA, eller till platsen där han hamnade i vattnet. Vi gick sedan igenom garage och uthus, men där fanns varken någon röd Peugeot eller spår efter någon annan bil än Tords.

– Bra, tack för det, sa Sten, när kan Solidad ha några resultat, tror du?

– Inom ett par dagar skall hon ha fått alla provsvar, det var i alla fall vad hon hoppades på.

– Säg till om hon behöver hjälp med att skynda på provsvaren. I så fall ber jag Maria att prioritera detta, sa Sten innan han avslutade samtalet med Mats.

Han låste stationen och tog sin cykel till Coop för att köpa lite rostbiff och potatissallad. En färsk baguette, samt ett par lättöl åkte också med i korgen. Eftersom han inte hade några planer för kvällen var detta en perfekt sammansatt måltid. Klar att intas på altanen, i båten eller varför inte på den långa piren i hamnen. Men först cyklade han hem för en dusch och ombyte till shorts och en kortärmad sommarskjorta.

Det blev inte något av de tänkta alternativen. Maud kom in och undrade om han ville följa med henne och Pelle ut på

100

sjön ut med deras daycruiser. Pelle var redan nere i hamnen för att proviantera och göra i ordning båten.

– Vi har allt, så du behöver inte ta med dig någonting utom badbyxor, sa Maud.

Det kunde ju inte Sten tacka nej till, rostbiffen och potatissalladen fick bli kvar i kylskåpet tills morgondagen.

– Bra, då ses vi på bryggan om femton minuter, sa Maud och försvann på sin fullastade cykel nerför backen.

Pelle stod i båten och såg ut som en fullfjädrad skeppare med vita byxor, vit tennisröja och en mörkblå kofta över axlarna. Vegamössan var också på plats.

Han gillar verkligen att bryggsegla och visa upp sig i den fina daycruisern, tänkte Sten, och varför inte, livet är kort och skall njutas om det går.

– Tjena Sten, kul att du kunde komma, vi behöver en sjövan polis ombord som tar befälet, ropade Pelle. Vi firar vår bröllopsdag i dag, 27 år tror jag att det blir.

– 26 år hojtade Maude nerifrån kajutan, att du aldrig lär dig!

– Grattis till er båda, sa Sten, så ni vill ha med mig som fyllechaffis i kväll? Hade ni sagt det från början hade jag stannat hemma. Nä, jag skojar bara, jag tar gärna hand om er i kväll bara jag får bestämma vart vi skall fara.

– Taget, hoppa nu i så kastar vi loss, sa Pelle otåligt.

Sten tog ratten och styrde mot Maren, en populär vik med en så trång passage in att det nästan är en insjö. I alla fall blir vattnet mycket varmare där än längre ut på öppet vatten.

Värdparet tog fram en skumpa och öppnade den redan utanför Ringvägen. Sten fick också en liten skvätt och de skålade alla tre för åren som gått och för framtiden.

– Skål för kung och fosterland, utbrast Pelle lite retsamt, han visste mycket väl vad Sten tyckte om det!

– Nej för tusan, Sverige kan vi gärna skåla för, men de kungliga kan vi vara utan, sa Sten. De är trevliga och så, men de representerar i alla fall inte mig.

De hade haft denna diskussion många gånger förut, men nu släppte de den för att inte förstöra den fina stämningen.

Båten var så fantastisk att köra att Sten än en gång vacklade i sin uppfattning om vilken typ av båt han helst ville ha.

Det kanske inte blir en långsam snipa i alla fall, tänkte han.

Efter en god middag och bad i Maren, åkte de hemåt i sakta mak genom kanalen och sunden och ut över fjärden in till hamnen. Pelle och Maud berusade av champagne och Sten av den fantastiska upplevelsen av skärgårdens variationer som han aldrig tröttnade på.

Kapitel 14

Tisdagen den 5 juli

Sten satte på morgonkaffet, tog fram rostbrödet ut frysen och smör och marmelad ur kylen. Sen gick han ut och hämtade Nynäsposten i brevlådan.

Med tidningen under armen och frukostbrickan i handen satte han sig på altanen. Det var en sval, skön morgon med hög och klar luft som han tyckte om. Teckningen med efterlysningen fanns lite undanskymt i tidningen, men det var bara bra att de inte hade slagit på för stort med detta.

Hoppas nu bara att vi får in några användbara tips, inte bara gissningar och spekulationer från opålitliga källor, tänkte Sten.

Det blev ännu en dag på stationen i Nynäs med kaffe och färska wienerbröd för Sten. Men nu hade han ändå sällskap av Mats som fick i uppgift att sortera och värdera tipsen som skulle komma in under dagen. Det var också en fördel för Mats att ha Sten att bolla bedömningarna med. Men telefonen var tyst hela förmiddagen.

De tog en gemensam lunch på Subway. Rostbiffmackan med chili och stark sås gick alltid att få ner, enligt Sten.

Eftermiddagen blev inte så mycket mer händelserik, men det kom i alla fall in två tips om vem kvinnan kunde vara. Den ena sa att hon liknade hans gamla lärarinna, men eftersom tipsaren var i sextioårsåldern måste ju lärarinnan, om hon fortfarande levde, vara betydligt äldre. Och de sökte ju en kvinna i åldern tjugofem till trettiofem år. Här behövde inte Mats konsultera Sten för att avskriva detta tips.

Det andra tipset kom från en anonym person som tyckte sig känna igen kvinnan från fredagen. Han kom ihåg henne från ICA eftersom han tyckte sig se att hon hade en peruk på sig. Det var ganska sent på eftermiddagen, men något klockslag kunde personen inte uppge.

– Intressant, tyckte Sten, kanske är hon inte blond, kanske har hon helt annan frisyr. Men det var ju ingen ur sällskapet från restaurangen som nämnde något om en eventuell peruk. Men jag har mött en person som kanske har sett något, Fnutten. Han såg en kvinna byta om på parkeringen i hamnen den kvällen. Jag skall tala med honom igen. Du kan väl fortsätta bevaka inkomna tips så går jag ut och försöker hitta Fnutten.

Sten var ganska glad över att slippa pappersarbetet för en stund.

Han tog vägen mot Systembolaget och frågade efter Fnutten på ett par ställen. Utanför apoteket satt det några som trodde att han var i parken nedanför kyrkan. Mycket riktigt, där hittade han honom med ett par polare. Fnutten var inte helt nykter men minnet var det inget fel på, om han fick säga det själv. Han hade i alla fall inte sett tjejen byta hår som han kallade det.

– Hon rättade till håret, men det är väl så alla tjejer gör när de fixar till sig, sa han.

Och det stämmer ju, tänkte Sten, kanske, kanske inte, hade hon en peruk på sig. Vi skall nog ta fram en till fantombild på henne med mörkt hår i alla fall.

Mats hade inte fått in några fler tips och det fanns inte heller några nyheter om bilen. De tog en fika och ringde upp Alina och bad om en ny teckning av kvinnan, men nu med mörkt hår i stället.

Det kom in några fler tips under eftermiddagen men ingen som kände igen henne så väl att de kunde ge ett namn. Två hade sett henne på stan, resten var inte seriösa. En hade också reagerat på att hon verkade se konstig ut, som en transvestit med peruk, fast hon uppenbarligen var en ung kvinna. Den nya teckningen skulle bli viktig.

Sten, som blev klar med sin rapport, hade känslan av att de kört fast. Han såg inget mer att göra än att visa den nya teckningen för Sjöholms bekanta och familj. Och att också hoppas på att bilen dök upp.

Han kallade till ett möte med sin arbetsgrupp under morgondagen. Han kallade även Maria, Solidad och polisen som först var på plats när kroppen hittades, Linda Stefano. De skulle träffas på polishuset på Kungsholmen klockan 13.00, så han hade tid att förbereda en presentation av läget under förmiddagen morgonen därpå. Som en naturlig fortsättning på det tråkiga pappersarbetet han utfört under dagen, så fortsatte han med att städa hela radhuset under kvällen.

Men han hade ett knep för att göra städningen roligare, på med en bra vinylskiva på så hög volym att det överröstade dammsugaren och så en öl på köksbänken.

Han stängde altandörren så att inte Tussan skulle kunna slinka in, hon var nämligen galen i dammsugare. Antingen älskade hon eller så avskydde hon dem, det gick inte att avgöra när hon skällde och jagade efter maskinen.

Kapitel 15

Onsdagen den 6 juli

Dagen efter åkte Sten direkt in till polishuset och satt sig där för att göra klar presentationen.

Efter en snabb lunch på Fridhemsplan var han redo att träffa gruppen i ett fönsterlöst mötesrum. Så fort han satte sin fot i det mörka rummet längtade han ut till sommaren och solen där utanför.

Kanske kan jag ta semester nu, tänkte han.

Alla var punktliga till mötet utom Maria som hade meddelat att hon blev sen men att de inte skulle vänta på henne.

– Välkomna, det har nu gått elva dagar sedan Magnus Sjöholm påträffades död i Nynäsviken, öppnade Sten med. Jag tänkte gå igenom vad som framkommit hittills och vill att ni direkt påpekar om det är någon som jag har missat. Men först, Håkan och Mats, har ni något nytt tips om vem kvinnan kan vara eller om bilen har hittats?

– Inget nytt om bilen, den är som bortblåst, svarade Håkan.

– Det har inte kommit in något mer tips i dag, sa Mats.

– Tack, sa Sten, sen drog han sin powerpointpresentation. Den enda som hade något att tillägga var Linda. Hon påpekade att Sjöholm hade saknat en sko när han påträffades. Om han var medvetslös eller redan död när han

107

hamnade i vattnet så var han väl oförmögen att själv sparka av sig den.

– Har ni påträffat hans sko någon annanstans? undrade hon.

– Tack Linda, en bra iakttagelse, men nej, den har inte påträffats. Vi skall vara uppmärksamma, men framför allt kolla om den ligger slängd bland buskarna i närheten av där Sjöholm hamnade i vattnet. Jag vill att du gör det Linda.

– Okej, jag tar det direkt när vi är klara här.

Maria kom inrusande och sa att hon bara hade fem minuter på sig.

– Har ni gjort något avgörande genombrott? undrade hon. Om inte, så vill jag att ni lägger denna utredning i malpåse och alla utom Sten övergår till andra uppgifter.

– Vi har inget genombrott, men två saker till att kolla upp, sa Sten. En ny fantombild av kvinnan från restaurangen, nu med annan hårfärg, skall visas för Sjöholms släkt och vänner. Vi skall även se om vi kan hitta Sjöholms ena sko vid den förmodade brottsplatsen, eftersom den är försvunnen.

– Bra, om det inte ger något så lägger vi ner och jag vill då ha en fullständig rapport av dig Sten, på måndag. Ursäkta, men jag måste dra vidare, det är någon jävligt viktig terroristgrej som Säpo skall informera om, sa Maria och försvann ut i korridoren.

– Då gör vi så, sa Sten när hon hade försvunnit. Linda letar efter skon och jag visar den nya fantombilden som jag fick av Alina i morse. Här är kopior till er alla, jag skall också skicka den till er på mejl. Håkan och Mats, ni kan redan nu ta på er andra arbetsuppgifter, men fortsätt att bevaka inkommande tips och sökningen efter bilen. Om inget mer kommer fram de närmsta dagarna får vi betrakta Sjöholms död som en tragisk olycka. Vi ses och hörs, nu åker jag till Nynäs. Är det någon som vill åka med, Linda kanske?

Det ville ingen, Linda hade egen bil och de övriga skulle stanna kvar en stund på polishuset.

Sten åkte direkt till Anita Sjöholm. Hon kände inte igen kvinnan på bilden nu heller men var upprörd över att hon inte hade blivit uppdaterad om polisens arbete på flera dagar

– Vad håller ni på med egentligen! Vad var det som hände med Magnus, jag vägrar att tro att han själv hade drogat sig och ramlat i vattnet och drunknat, sa Anita.

Sten berättade i korta drag om läget och sa att om inget nytt framkom så kommer utredningen att läggas på sparlåga.

– Va, det kan ni inte mena! utbrast Anita. Det kan jag inte acceptera, alla stenar måste vändas på innan ni lägger av.

Sten förstod hennes upprördhet och lovade att allt som kunde göras skulle göras och att han personligen skulle informera henne igen på måndag.

Sten fortsatte på kvällen och fick tag i de flesta av Sjöholms kompisar, arbetskollegor, och tjejerna från restaurangen. Han fick även tag i Fnutten och kvinnan med hunden. De hade ju alla sett en mörkhårig tjej, men nu ville Sten veta om någon kände igen henne från något annat sammanhang.

Det intressanta var att några tyckte sig känna igen henne från skolan, men från olika årsklasser. Kanske var det så att tjejen på teckningen hade ett utseende som passade in på flera personer. Ingen hade i alla fall något namn på henne.

Hon kommer nog i alla fall från Nynäs, men om ingen vet hennes namn har hon troligen flyttat härifrån, tänkte Sten.

Tord, Sjöholms föräldrar och Anitas ex fick vänta till nästa dag. Tord tänkte han ta personligen och de andra skulle han ringa upp.

Linda hittade verkligen en sko i buskagen. Den skulle hon jämföra med skon som Sjöholm hade haft på sig. Om de matchade varandra tänkte hon lämna över skon till Solidad i morgon för undersökning.

Sten la av för kvällen, det hade blivit en lång dag och han var hungrig. Det fick bli rostbiffen och potatissalladen han köpte i förrgår. Både enkelt och gott. Sen somnade han framför tv:n till ett gammalt Columboavsnitt.

Kapitel 16

Torsdagen den 7 juli

Eftersom Sten planerade att åka ut till Tord under förmiddagen, tog han bilen i stället för cykeln till stationen i Nynäs.

Sjöholms föräldrar visade sig var bortresta till sin dotter i Berlin, men de lovade att titta på teckningen om han skickade den till dotterns mejladress.

Anitas ex öppnade sin mejlbox direkt och tittade på bilden, men han kände inte igen henne nu heller från sin eller Anitas bekantskapskrets.

Efter en ensam fika åkte Sten den smala krokiga vägen ut till Torö för att träffa Tord.

En perfekt väg för motorcykel eller cabriolet, speciellt en sån här varm och skön sommardag, tänkte han och hoppades på två veckors semester från nästa vecka.

Tord och Madde var hemma. De började bli lite trötta på polisbesök var och varannan dag.

– Grannarna börjar undra, det känns inte bra, vi som hade börjat känna oss som hemma här, sa Tord. Men nu börjar grannarna titta snett på oss och undvika oss när de är ute i trädgården. Kom inte hit igen, om ni inte har ett beslut om rannsakan, eller vad det heter.

– Okej, jag lovar, sa Sten, vi skall hålla oss härifrån. Det är ju mycket bra om ni börjar få ett bra liv och det vill vi absolut

111

inte rasera. Men för den här gången, känner ni egen den här kvinnan?

Tord tittade nog på teckningen och skakade på huvudet.

– Hon ser bekant ut, kanske från skolan eller från någon affär eller så, men jag kan inte placera henne och har inget namn. Om jag får behålla bilden så skall jag tejpa upp den på kylskåpsdörren, så dyker hon kanske upp i minnet, sa Tord.

– Visst, bra idé, ring mig om du kommer på något, sa Sten och lämnade dem i fred.

Nu var det lunchtid så Sten åkte hem och åt några smörgåsar, sen la han sig på soffan och slumrade till en liten stund. Femton minuter, max en halvtimme, sen hade han laddat batterierna igen. Det är inte ofta han får den lyxen, men han tar tillfället så fort det erbjuds.

Cykel till stationen, där han fortfarande var ensam.

Inte mycket händer i Nynäs en sån här dag, hann han tänka just innan det kom in en man och anmälde att han blivit av med sin plånbok.

Det var gamla tidigare ägaren av den äldsta klädaffären i Nynäs. Sten kände honom väl så han bjöd på en fika medan han skrev ut rapporten.

– Jag trodde du hade stigit i graderna och slapp vara här i Nynäs och ta emot rapporter om stulna plånböcker, sa han.

– Jo det stämmer, men jag har friheten att använda den här stationen och så här på sommaren passar det perfekt. Kan jag undvika att åka in till Handen, eller ännu värre in till

Kungsholmen, så gör jag det, svarade Sten. Glöm nu inte att spärra alla dina kort, fortsatte Sten.

– Det har jag redan gjort, jag gick in till banken och ordnade det innan jag kom hit. Det är det värsta, allt trassel med kontokort och medlemskort. Pengarna som jag hade i plånboken, trehundra kronor, klarar jag mig utan, det är strulet jag hatar.

Sten såg att han fått ett mejl från Solidad, men innan han hunnit öppna det så ringde hon.

– Hej Sten, hoppas jag inte stör, men jag har en intressant uppgift.

– Hej, du stör inte alls jag lyssnar, svarade Sten.

– Först om rullstolen som finns hos Tord och Madde. Den har inte varit i närheten av Nynäsviken, det kan jag garantera. Den har helt enkelt inte använts ute på ett par år, sa Solidad.

– Men det intressanta är skon jag undersökt. För det första så är det Sjöholms högersko, den matchar vänsterskon helt klart, fortsatte hon. Eftersom skon delvis är av slät plast så fastnar feta avtryck. Fingeravtryck alltså. Förutom Sjöholms fingeravtryck hittade jag ett par från en annan person.

– Vem då? undrade Sten, som nu var helt alert.

– Jag har sökt i alla våra register, men inte fått någon träff. Men det som jag tycker är bra är att om vi hittar en misstänkt person så kan vi med stor sannolikhet binda den till Sjöholm och platsen där han hamnade i vattnet.

Synd att du inte fick någon träff men bra att vi nu har detta bevis i bakfickan. Vi kan ju inte ta fingeravtryck på samtliga i

Nynäs, men jag tycker att vi för säkerhets skull tar det på de närmast berörda. Jag sammanställer en lista på dessa personer. Sen vill jag ha din hjälp med att samla in fingeravtrycken så snart som möjligt. Är det okej?

– Visst, men jag vill gärna ha med mig någon av dina kollegor på detta, sa Solidad. Vad tror du om Linda, kan du kolla med henne?

– Det skall jag göra. Men en sak innan jag glömmer det. Jag har lovat att inte åka ut till Tord Bylund igen. Han vill vara ifred så att inte grannarna tror att han återgått till sitt gamla småkriminella liv. Det tycker jag vi skall respektera, så du kan väl be honom att lämna sina fingeravtryck på annat sätt. Han är i alla fall inte mer misstänkt än någon annan.

Sten skickade personlistan till Solidad och ordnade så att Linda kunde hjälpa till vid de kommande besöken.

När han såg listan insåg han att det nog skulle ta ett par dagar för dem, så han bad Solidad att göra allt hon kunde för att vara klar med insamlingen och jämförelserna med fingeravtrycken på skon till söndag kväll.

Den eftersökta bilen var fortfarande inte funnen. Sten behövde göra något annat för att kunna rensa huvudet så han packade ihop datorn och cyklade hem. Han hade tänkt ta båten en sväng, men i stället satte han sig på altanen under sitt gula parasoll och läste.

Lika skönt det, tänkte han, och somnade efter en liten stund.

Han drömde inte om fallet med Sjöholm utan på semester.

Fredagen den 8 juli

Solidad och Linda använde hela fredagen till att samla in fingeravtryck. Tord lovade att komma in till stationen i Nynäs under dagen, vilket han gjorde. Sten tog hans avtryck som Solidad senare hämtade upp, därefter åkte hon till Stockholm och träffade Anitas ex samt Samir från Norge, som var och hälsade på sin pojkvän. Solidad skulle ägna hela lördagen åt att jämföra fingeravtryck. Det var inget hon såg fram emot, men hon skulle i alla fall kunna arbeta ostört i sitt laboratorium.

Lördagen den 9 juli

Sten tänkte ha en ledig dag, lite trädgårdsarbete men framförallt vara lat. Klippa gräset och rensa lite i den lilla trädgården.

Skönt med så liten trädgård, jag sköter den i alla fall inte så bra som en del pedantiska grannar, tänkte han.

Han hade en handjagare till gräsklippare så det var okej att klippa gräset redan tidigt på lördagsmorgonen utan att störa grannarna.

Det blev inte så mycket mer gjort den dagen. Han talade med Malin och berättade att han förhoppningsvis skulle ta semester om några dagar. Hon och Artur var välkomna ner att bo hos honom om de kunde och ville.

Del 2

Ringvägen

Kapitel 17

Söndagen den 10 juli

Olof var uppe tidigt för att jogga runt Ringvägen innan han skulle åka till Arlanda för att börja nästa arbetspass. Han var flygkapten och arbetade på de längre rutterna och var därför borta flera dagar i sträck. Nu hade han fått vara hemma i hela åtta dagar och kände sig redo för flygningen till Chicago som första anhalt.

Den smala vägen var krokig och backig med en fantastisk vy och Olof älskade att få springa här, speciellt tidigt på morgonen när han fick vara ensam om upplevelsen. Han brukade stanna på den högsta punkten för att pusta ut och stretcha vadmusklerna. Det gjorde han även denna morgon. Precis när han skulle fortsätta såg han att det låg något och flöt i vattnet långt nedanför.

Typiskt, att folk inte kan låta bli att kasta sitt skräp i naturen, tänkte han.

Men det såg ganska stort och kompakt ut, så han tittade lite mer noggrant. Det såg faktiskt ut som en kropp av en vuxen person, han kunde urskilja vita skor och vad som såg ut som ett huvud i andra änden.

Det måste vara en drunknad person, tänkte han och tittade på sin klocka. Jag hinner inte stanna för att klättra ner och kolla, då missar jag mitt flygplan.

Olof ringde till polisen och blev kopplad till Håkan Krok som svarade yrvaket. Han berättade vad han sett och att han

117

måste skynda sig iväg för att inte missa sitt arbetspass. Håkan bad att få Olofs telefonnummer och frågade när han skulle lyfta från Arlanda.

– Tack för att du ringde om detta, sa Håkan. Vi vill kunna nå dig ända fram till take-off, så ha telefonen påslagen.

När Olof lagt på ringde han tillbaka till polisens växel och bad dem kalla ut både ambulans och sjöräddningen. Sen klädde han på sig och satte sig i bilen till Nynäshamn.

Både ambulans och sjöräddningen var på plats när han kom fram. Det var en bra bit att gå nerför innan han kom till vattnet. Därifrån var det cirka 20 meter utefter branta klippor för att komma fram till personen som låg i vattnet. Det gick inte att komma dit utan att simma. Eller givetvis med båt så Stefan Glans från Sjöräddningssällskapet hämtade upp honom.

– Jag har varit i och konstaterat att personen är död, för övrigt har jag inte rört någonting eller flyttat på honom. För det är en medelålders man, så mycket har jag sett, sa Stefan.

– Bra, jag skall bara ta några kort för att dokumentera hur det ser ut på platsen, sen kan vi ta in honom till stranden, svarade Håkan.

Det blev inte så många artighetsfraser med ett tragiskt fynd så här tidigt på en söndagsmorgon.

– Vi får lov att köra bort honom till nästa vik så att ambulanspersonalen kan plocka upp honom.

– Okej, då gör vi så, sa Håkan.

När de kom farm till viken som vindsurfare, kanotister och sportdykare brukade utgå ifrån, lyfte ambulanssköterskorna varligt iland personen på en bår. Först fick även de fastställa att personen var död, sen gjorde Håkan en första undersökning.

I den första fickan hittade han ett plastfodral med personens id-handlingar. Det såg exakt ut som plastfodralet de hittade på Magnus Sjöholm.

– Jäklar, det här ser inte bra ut! utropade Håkan.

– Vadå? undrade Stefan förvånat.

Det liknar fyndet vi gjorde av Magnus Sjöholm, du var väl med och hjälpte till där också?

– Jo, det var jag som fiskade upp honom också. Vad är det som inte ser bra ut? undrade Stefan.

– Jag kan inte gå in på det nu men fundera gärna på vilka likheter du kan se så talas vi vid senare.

Därefter ringde Håkan och väckte både Sten och Patricia.

– Håkan, vi har ett nytt dödsfall i Nynäshamn liknande fallet med Sjöholm. Kan vi ses på polisstationen om en halvtimme?

– Oj jäklar, har du spärrat av området, svarade Sten.

– Nej, det är brant och klippigt så det är inte så lätt. Men du har rätt, det måste vi göra och samtidigt kalla ut Patricia så att hon får söka av området. Jag ringer henne om du tar med dig avspärrningsband.

– Okej, då ses vi på Ringvägen, sa Sten och la på.

– Hej Patricia, ursäkta att jag ringer så här tidigt men vi behöver dig i Nynäs så fort som möjligt. Det är ett nytt fall med en död man i vattnet. Vi måste snabbt säkra eventuella spår eftersom jag misstänker något allvarligare än en drunkningsolycka. När kan du vara här? undrade Håkan.

– Jag är i Norrtälje, så det tar ett par timmar är jag rädd för, svarade Patricia med en trött och nyvaken röst.

– Okej, kom så fort du kan, avslutade Håkan och ringde direkt upp Solidad.

Hon lät om möjligt ännu tröttare men lovade att vara på plats, beredd att påbörja obduktionen när ambulansen väl kom in med kroppen.

Sten kom snart fram och Håkan visade honom plastfodralet. Håkan hade inte öppnat det utan överlät det till Patricia för att inte förstöra några spår. Det gjorde i sin tur att de fick vänta på henne innan de kunde läsa sig till vem den förolyckade var.

– Det här ser verkligen inte bra ut, sa Sten, min slutsats är att vi nu har två mord på halsen. Det är kanske en förhastad slutsats, men det är den hypotesen vi måste arbeta efter. Därför är det mycket viktigt att vi får dödsorsaken klarlagd så fort som möjligt. Vad sa Solidad, kan hon undersöka kroppen direkt?

– Hon har lovat att börja direkt när ambulansen är framme, svarade Håkan. Jag drar samma slutsats som du, fortsatte han, nu är det inte längre en olycka vi har att undersöka, utan två mord eller möjligen dråp. Kontaktar du Maria?

Sten lovade att kontakta henne, fast han såg inte fram emot att väcka henne med ett sådant här besked tidigt på söndagsmorgonen.

– Kan du börja sätta upp avspärrningen så ringer jag henne, sa Sten.

– Visst, men som du ser är det oländig terräng och vägen är smal. Jag skulle vilja spärra av hela Ringvägen för biltrafik så att Patricia kan säkra eventuella bil- eller fotspår.

– Då gör vi det direkt. Vi kallar in de som är i tjänst i Handen eller Nynäs. Om du gör det direkt så tar jag bilen och spärrar av de båda ingångarna till vägen.

– God morgon, Maria, började Sten försiktigt.

– Varför ringer du och väcker mig så här tidigt, svarade Maria men hon verkade inte så störd av det den här morgonen.

I vanliga fall hade Sten fått höra en lång harang av olika svordomar, men inte i dag. Det var han glad över.

– Ännu en död person är påträffad i vattnet utanför Nynäshamn. Det är flera likheter med Sjöholms dödsolycka så jag drar slutsatsen att vi nu har två mord att utreda, fortsatte Sten och berättade vad som hade hänt.

– Tack för att du informerade mig så snabbt. Jag håller med om att vi nu har två mord på halsen. Sätt in alla resurser, hälsa från mig om någon protesterar.

– Det skall jag komma ihåg, sa Sten. Jag kallar till genomgång på stationen i Nynäshamn i morgon klockan 09.00, jag vill att vi sätter upp ett temporärt spaningscenter där. Kan du vara med då?

– Jag skall försöka, om inte så är jag med på telefon, avslutade Maria.

Det gick fort att få till avspärrningarna, både för att stoppa biltrafiken och runt själva fyndplatsen. Eller mer korrekt, på vägen och bergsklippan ovanför själva fyndplatsen. Till stället där kroppen hittades måste man komma med båt eller simma, så någon speciell avspärrning kunde inte göras där.

Patricia var ganska snabbt på plats och påbörjade sitt tekniska detektivarbete. Först tog hon hand om plastfickan, tog ut id-handlingarna på ett säkert sätt så att eventuella fingeravtryck eller andra spår inte skulle förstöras.

– Papperen tyder på att den avlidne heter Axel Nilsson och är trettio år gammal, berättade hon för Sten och gav honom personnumret på en lapp så att han kunde söka mer information.

– Tack, snabbt jobbat, sa Sten. Börjar du med att säkra spår här uppe eller vill du ner till vattnet först? Har du baddräkt med dig? sa han halvt på skämt.

– Faktiskt så tog jag med mig våtdräkten jag brukar använda när jag åker wakeboard, man måste vara beredd på allt när det gäller mitt jobb, kontrade hon. Jag tänker ta mig ner till vattnet först så att inte viktiga spår hinner spolas bort. Se därför till att ingen klampar omkring innanför avspärrningen här uppe i onödan under tiden. Men hur tar jag mig ner dit?

– Med båt blir nog bäst. Stefan Glans från sjöräddningen kan nog hjälpa dig, det är han som är där ute, sa Sten och pekade på den gulröda båten. Ring honom på det här numret och be honom hämta upp dig på lämpligt ställe.

Sten hittade Håkan sittande på en bänk bredvid några träningsredskap som användes av de motionärer som gick eller sprang runt Ringvägen. Men inte av Håkan, i alla fall inte i dag.

– Här är den avlidnes namn och personnummer, sa Sten. Ta det med dig till polisstationen här i Nynäs och ta reda på så mycket som möjligt om honom. Först av allt om uppgifterna verkar stämma, vi måste ju informera de anhöriga så fort som möjligt. Ge mig kontaktuppgifter till närmaste anhörig så kontaktar jag dem. En sak till, gör en snabbkoll på pilotens trovärdighet och alibi innan han hinner flyga iväg utomlands.

– Okej, jag tar tag i det direkt, sa Håkan.

– Och du, Håkan, vi sätter upp ett spaningscenter för vår grupp här på polisstationen i Nynäs. Åk dit och installera dig i stället för att åka till Handen och se till att vi får tillgång till fyra till fem arbetsplatser.

– Bra, det skall jag göra, sa Håkan och drog iväg.

Sten gick sen försiktigt runt på området ovanför fyndplatsen. När nu Patricia var nere vid strandkanten kunde han ju passa på att se om det fanns några tecken som tydde på att kroppen ramlat eller dumpats från vägen ner på klipporna.

Den smala vägen är asfalterad men det är grus och småsten på sidorna och ett lågt gammalt räcke på sidan mot vattnet. Det fanns bilspår på insidan av vägen, men det är många som stannar till där för att njuta av utsikten en liten stund. Han fick lämna till Patricia att försöka säkra de färskaste spåren.

Mot räcket fanns det en hel del fot- och cykelspår eftersom Ringvägen är ett populärt motions- och utflyktsmål. Sten gick försiktigt på asfaltskanten och letade efter något annat. Hundspår fanns det ju till exempel. Men han letade efter parallella hjulspår, som efter en rullstol.

Nu såg han att Patricia kommit fram till fyndplatsen nedanför och att hon vadade på de hala klipporna.

Hoppas hon hittar något användbart där nere, tänkte han, och fortsatte sin spaning.

Snart såg han något som kunde tänkas vara spår efter en rullstol, två hjulspår som gick parallellt i en halvmeter ungefär. Han markerade det med en pinne, gick och rev loss lite avspärrningstejp och fäste den på pinnen.

Det tog över en timme för Patricia att bli klar vid vattenbrynet. Ytterligare en stund för henne att komma i land och få på sig torra kläder.

Hon hade inte funnit så många spår, men ett var troligen mycket viktigt. Det var blodspår på en sten på klippan en bit ovanför vattenlinjen. Det tydde på att den avlidne fallit uppifrån vägen. Om kroppen i stället drivit i vattnet från någon annan plats hade blodspåret omöjligt kunnat vara där det var. Men först måste det säkerställas att blodet verkligen kom från den avlidne Axel Nilsson innan man med säkerhet kunde fastslå det händelseförloppet.

Patricia fortsatte nu med att söka av och säkra eventuella spår där uppe, på och runt vägen.

Sten åkte in till stationen för att stämma av med Håkan och för att kontakta Solidad för en första preliminär obduktionsrapport.

Kapitel 18

– Hej Sten, välkommen till vår nya spaningscenter! ropade Håkan glatt där han satt bakom ett litet, slitet brunt skrivbord en bit in i lokalen. Fikat är klart och du har platsen här bredvid mig.

– Tack, nu skall det smaka bra med en kopp kaffe. Synd att det är söndag så att kondiset mitt emot är stängt.

– Jag har gjort vad du bad mig om, sa Håkan. Flygkapten var säker så honom släppte jag iväg. Uppgifterna på den avlidne, Axel Nilsson, verkar stämma, så det är dags att informera de anhöriga. Han skall bo i ett gammalt, stort, rött parhus nära infarten till Nynäs tillsammans med sin sambo, Emma Lundin. Inga barn. Axel är trettio år, arbetar som programmerare på ett konsultbolag i Stockholm. Han är ostraffad. Emma är tjugosju år och sjukgymnast, fysioterapeut, i Nynäshamn. Axels föräldrar bor också i Nynäs. Pappan är just pensionerad och mamman arbetar som receptionist på kommunhuset. Här är alla uppgifter samlade sa Håkan och räckte över ett par pappersark till Sten. Jag har även lagt upp en gemensam fil i vårt datasystem för vår grupp som jag kallat för "Nynäshamnsmorden". Där ligger detta dokument och där skall vi lägga in allt material vi får fram från och med nu.

– Bra, då skall jag bara ringa till Solidad för en första rapport innan jag kontaktar Emma och Nilssons föräldrar.

126

Solidad kunde meddela att Nilsson hade drunknat, han hade vatten i lungorna. Men han hade troligen varit medvetslös när han hamnade i vattnet. Han hade flera krossår på huvudet och på övriga kroppen, tydliga fallskador. De själva kunde förklara att han var medvetslös men hon skulle även undersöka om han hade blivit drogad på något sätt.

– Jag hoppas få in svaret på blodanalyserna senare i dag, sa Solidad. Jag hör av mig så snart jag har fått resultatet.

– Okej, då skall jag meddela de anhöriga. När kan de komma in för att identifiera den avlidne? undrade Sten.

– De kan komma hit när som helst under dagen. Ge mig bara en timmes förvarning så att jag kan göra i ordning kroppen, svarade hon.

Det lovade Sten att göra, sen satte han sig i bilen för att åka till Emma Lundin för att göra en av de värsta uppgifterna som tillhörde hans jobb. Att meddela om en anhörigs dödsfall är hemskt och reaktionen hos den som får ett sådant besked går aldrig att förutse.

Sten åkte till den angivna adressen där några barn lekte på gräsmattan. Det var ett rött parhus i trä, ganska stort, med en uppvuxen trädgård.

– Hej vad gör du här, vem är du? frågade en nyfiken liten flicka.

– Hejsan, jag ska till Emma Lundin, vet du var hon är, svarade Sten.

– Ja hon är vår granne och bor där borta, sa flickan och pekade mot ytterdörren längst bort.

– Tack, sa Sten, och gick dit för att ringa på.

Men dörren öppnades innan han kom fram. Där stod en tjej som uppenbarligen verkade vara på väg ut.

– Är du Emma Lundin?

– Ja, det är jag, svarade hon.

– Hej, Jag heter Sten Strand och är kriminalkommissarie här i Nynäshamn. Får jag komma in? undrade han.

– Jovisst, sa Emma tvekande. Vad gäller det?

– Det gäller din sambo Axel Nilsson, jag har tyvärr tråkiga nyheter att komma med. Kanske vi kan sätta oss någonstans?

De satte sig ner vid första bästa bord och Sten berättade vad som hade hänt och att det med största sannolikhet var Axel som de påträffat. Emma verkade inte riktigt förstå vad som hänt, hon kom nog i ett chocktillstånd direkt.

– Vi skulle vilja att du kom till sjukhuset för en identifikation, sa Sten. Tror du att du klarar det?

– Jo, ja, nä, jag vet inte, mumlade hon.

– Om du inte klarar av det kanske det finns någon annan, Axels föräldrar till exempel?

– Ja, nej kanske, jag tror inte de skulle klara av det.

– Tänk på det, jag skulle vilja genomföra identifikationen i dag. Sen har jag bara två frågor att ställa nu, resten får vi ta senare. Vet du någon som skulle vilja göra Axel illa, så illa att han eller hon dödar honom och var befann sig Axel i går kväll och i natt?

Enligt Emma var Axel omtyckt, om inte av alla så av de flesta. Han skulle sova i båten i går kväll, det gör han ibland när han vill vara för sig själv.

– Jag hade just tänkt ringa honom, förklarade Emma, därför har jag inte saknat honom.

De bestämde att Emma skulle informera svärföräldrarna och återkomma om vem som kunde tänkas identifiera kroppen. Hon skulle återkomma så snart som möjligt.

När Sten var på väg att lämna Emma sjönk hon ihop och lade huvudet i sina händer. Hon bad honom att stanna och frågade om han kunde åka med till Axels föräldrar.

– Jag klarar inte av att berätta det här för dem utan ditt stöd.

Emma gjorde sig klar, det tog lite tid men sen åkte de iväg i Sten bil. Det visade sig att Axels föräldrar bodde i samma radhusområde som Sten. Han kände igen deras ansikten, men han kände dem inte.

Det var inget trevligt besök, Sten berättade igen vad som hade hänt. Axels pappa försökte hålla sig samlad inför Emma och mamman som var förtvivlade, arga och apatiska på samma gång.

– Du måste hitta den som gjorde det här, sa pappan, vi finns här och skall svara på alla era frågor.

Det föll även på pappan att identifiera kroppen. Sten lovade att skicka en bil för att hämta upp honom om en timme. Han lämnade dem så att de skulle få lite tid för sig själva.

Sten gick den korta vägen hem till sig för att äta en tallrik jordgubbsfil med sönderbrutet knäckebröd. Han hade inte ätit något sedan han blev väckt av Håkan tidigt i på morgonen. Bara ett par koppar kaffe och det blir man inte mätt av.

Han la sig på soffan, det hade varit en hemsk förmiddag så en femton minuters slummer skulle sitta fint.

Han vaknade med ett ryck av att telefonen ringde och konstaterade snabbt att han sovit i över en timme.

– Hej Sten, det är Solidad, var är du, du låter yrvaken.

– Nä, nä, jag har bara varit hemma och ätit lite, småljög Sten. Har du några nyheter?

– Det är därför jag ringer. Axel Nilsson hade också alldeles för mycket Calmoin i sig. Ungefär samma halt i blodet som Sjöholm hade.

– Oj, jäklar, då har vi verkligen två mord på halsen. Ett slumpmässigt sammanträffande kan vi utesluta. Går det att spåra Calmoinen, jag menar kan man se om de kommer från samma källa?

– Ja det borde gå med ganska hög träffsäkerhet, sa Solidad. Jag tror också att vi kan binda samman drogen i kropparna med Calmoin som vi finner hos någon misstänkt. Det kanske inte går att använda som bevismaterial, men det skulle ge oss en anledning att undersöka den personen ytterligare.

– Tack, mycket bra, det skall jag informera Maria om, sa Sten och la på.

Tur att jag bad Mats att köra Axels pappa till identifieringen innan jag somnade, tänkte Sten.

Han ringde Mats, och visst, de var på väg, skulle nog vara framme om en halvtimme.

– Jag har full bil, meddelade Mats, både Emma och Axels mamma är med som stöd, det känns som ett bra beslut.

– Bra, ring mig så snart ni är klara.

När Sten kom in till sin "sambandscentral" fick han en lapp av Håkan med numret till Nynäspostens chefredaktör. Han hade varit mycket angelägen om att Sten skulle kontakta honom så snart som möjligt. Det gjorde Sten direkt, till och med innan han informerade Håkan om beskedet om Calmoinen från Solidad.

– Hej, det här är Sten Strand från polisen, du ville att jag skulle höra av mig så fort som möjligt.

– Tack bra att du ringer, sa redaktören. Först vill jag bara säga att vi är besviken på er, ni hade lovat att hålla oss informerade om vad som hade hänt Sjöholm. Nu har ni tydligen hittat ännu en döing i vattnet runt Nynäs och vad jag som gammal murvel kan förstå så har de bägge dödsfallen vissa likheter.

– Det stämmer att vi funnit ännu en död kropp, men vi har inte gått ut med någon information om detta ännu. Ni kommer fortfarande ha första tjing på information från oss, lovade Sten.

– Bra, då har vi avklarat det, men det verkar ändå som om någon utanför polisen vet mer än vad vi gör. Vi har nämligen

131

fått in ett anonymt brev i ett kuvert här på redaktionen som jag förmodar rör de två dödsfallen.

– Intressant! Vad står det i brevet?

– Kom upp på redaktionen så skall jag visa det för dig. Det är ju nära, för du är väl på polisstationen här i Nynäs?

– Jo det stämmer för en gångs skull, jag kommer direkt.

– Solidad har hittat spår efter Calmoin i kroppen efter Axel. Påminner mycket om Sjöholm! hann Sten ropa till Håkan innan han for ut genom dörren.

Det tog Sten tre minuter att gå till Nynäspostens redaktion. Där öppnade Hasse Rislund direkt och släppte in honom.

Brevet låg prydligt i en plastficka.

– Som du ser försöker vi att inte förstöra några spår, sa Hasse och sträckte över plastfickan till Sten.

Jag vill att ni inför följande i er tidning på tisdag: "Nu hoppas vi att ni är skakade och rädda. Två av er är redan döda."

Det var allt som stod i brevet.

– Vad kan det betyda? frågade Hasse, två av er. Vilka avses med *er*, har vi ett nätverk av pedofiler här i Nynäs? Och vilka är *vi*, har vi en grupp terrorister i Nynäs?

– Sakta i backarna, det här kan vara vad som helst. Gå för i helvete inte ut med några sådana vilda spekulationer, sa Sten. Och publicera inte brevet. Låt oss utreda detta så lovar jag att ni skall bli de först att få historien. Okej? sa han och spände ögonen i Hasse.

– Okej, okej, jag lovar, men låt mig inte vänta för länge, de stora drakarna kommer snart att börja sina efterforskningar och då halkar vi som vanligt efter. Vi behöver ett scoop, små lokaltidningar som vi har det inte lätt, skall du veta.

Kapitel 19

Sten tog brevet med sig och gick snabbt tillbaka till stationen. Där mötte Håkan och Mats upp.

– Jag kan bekräfta att det verkligen är Axel Nilsson som är den avlidna. Det var pappan som identifierade honom, mamman och Emma klarade inte av att se på kroppen, sa Mats som redan var tillbaka. Under vägen tillbaks fick jag tillfälle att prata lite med dem. Enligt Emma kände inte Axel Magnus Sjöholm, de umgicks i alla fall inte. Däremot kände Axels föräldrar till Sjöholm eftersom Axel och Magnus gått i samma skola och lekt en del tillsammans. Men de hade inte gått i samma klass.

– Bra sa Sten, vi måste gå till botten med kopplingen mellan Magnus och Axel. Nynäsposten har nämligen just fått in detta brev.

Sten visade plastfickan och gick och tog tre kopior.

– Vilka är det som avses med ni och vilka är vi, det måste vi få reda på. Är det några grupper eller gäng som vi inte känner till eller vad? fortsatte Sten. Har ni någon aning?

– Nej, inte jag i alla fall sa Håkan, och Mats nickade som om inte heller han visste.

– Jag ser väldigt allvarligt på detta, fortsatte Sten, och tror att vi skall koppla in Säpo för att, för det första se om de har någon upplysning att komma med och för det andra, för att få hjälp med att identifiera eventuella grupperingar. Jag

134

ringer upp Maria direkt för att få hennes välsignelse. Sedan vill jag att ni arbetar med att hitta någon koppling mellan de båda avlidna. Mats, prata med Sjöholms fru och bekantskapskrets igen, och du Håkan, tar itu med Axel Nilssons familj och vänner så ses vi här i kväll för att sammanfatta läget.

Mats var inte särskilt pigg på detta söndagsarbete eftersom han hade annat inplanerat med sin flickvän, men han förstod allvaret och tyckte även att det var lite spännande, tänk om det är terrorister vi har att göra med.

Så han ringde tjejen och avbokade vad de nu skulle göra.

Håkan hade inget annat för sig så för honom var det OK att ta tag i detta.

– Hej Maria, det är Sten här igen, jag har lite viktig information att delge och jag behöver din hjälp.

– Visst, hoppas det är viktigt för jag är just nu ute på Djurgården med mitt barnbarn Saga. Vi skall gå och titta på lemurerna på Skansen, svarade hon.

Sten berättade om Calmoinen och alla likheter mellan de båda dödsfallen och om brevet som Nynäsposten fått.

– Då är det ju ingen tvekan om att dödfallen hänger ihop, konstaterade Maria. Vad är det du vill ha hjälp med?

– Att koppla in och få hjälp av Säpo.

– Okej, det är nog nödvändigt i detta läge, men vi skall inte lämna över utredningen till dem utan behålla den som en vanlig brottsutredning tills de kan övertyga oss om att det är något annat. Jag kontaktar dem direkt och ber att de kontaktar dig snarast.

Det dröjde inte mer än tre minuter så ringde Stens telefon. Det var en kvinna som presenterade sig som Kerstin Fredh, utredare på Säpo. De bestämde att de skulle träffas så fort som möjligt, och för att behålla initiativet bjöd Sten henne att komma till spaningscentralen i Nynäshamn. Till sin förvåning accepterade hon det utan protester. Det tillhörde inte vanligheten, Säpo brukade vilja styra och ställa med allt.

Det tog bara femtio minuter så var Kerstin från Säpo på plats i Nynäs. Det var en liten, späd kvinna i 45-årsåldern, men det var inget fel på initiativförmågan. Hon slog sig ner vid det stora sammanträdesrummet, öppnade sin laptop och bad om en kopp kaffe. När Sten hämtade kaffet åt dem båda tänkte han att det här blir allt annat än en lugn semestervecka på sjön.

Sten gick igenom allt som hänt de senaste två veckorna. Han tog varenda liten detalj och Kerstin satt tyst och lyssnade. Inte en enda fråga under hela Stens dragning, men hon antecknade desto mer på sin dator. När Sten var klar frågade hon vad Sten förväntade sig att Säpo skulle göra.

— Jag förväntar mig först av allt att vi samarbetar på ett öppet sätt och därmed delar med oss av den information vi får fram utan några hemlighetsmakerier, sa Sten.

Det gick Kerstin med på, med den reservationen att om de fick fram någon känslig information som rörde rikets säkerhet, så måste de först informera regeringen innan Sten och hans kollegor fick ta del av sådant material.

Det gick Sten med på utan vidare, här hade han inget val.

– Sedan vill jag att ni undersöker vad som ligger bakom brevskrivarens *ni* i meningen "Nu hoppas vi att ni är skakade" och använder era resurser till att försöka hitta någon koppling mellan Nilsson och Sjöholm och även om de var för sig eller båda var med i någon politisk eller ideell förening eller organisation som kan vara kontroversiell eller provocerande för någon eller några, eller varför inte något kriminellt gäng. Vänd på alla stenar, undersök deras närvaro på sociala medier etcetera, etcetera. För det andra vill jag att ni också försöker hitta vad eller vilka som kan ligga bakom brevskrivarens *vi* i samma mening. Vilka är vi? Finns det någon ljusskygg grupp eller organisation som verkar i Nynäs eller har kopplingar till Nynäs som kan tänkas utföra två mord? Kanske har ni redan ögonen på någon eller några tveksamma typer.

– Jag tycker att du har lyckats formulera vår uppgift på ett mycket bra sätt. Det är sånt som vi är bäst på och jag skall genast sätta igång mina medarbetare på detta. Formuleringen i brevet antyder ju på att det kan komma fler mord, i alla fall så hotas det indirekt med det, så det är bråttom, mycket bråttom, att få tag i den eller de skyldiga och att skydda de personer som är i farozonen. En sak till, intensifiera sökandet efter bilen, en röd Peugeot, och kolla med kameror och vittnen om den setts i Nynäshamn de senaste dagarna, sa Sten. Jag tror att det vore ett stort

137

genombrott om vi hittade den. Om du så önskar så kan jag reservera en arbetsplats här på stationen åt dig.

— Bra, jag eller någon av mina kollegor kommer att använda den och, visst, vi skall leta efter bilen, svarade hon.

Kapitel 20

Patricia, jäklar, tänkte Sten, hon måste ju undersöka Axels båt nu direkt, hoppas hon inte hunnit åka tillbaka till Stockholm!

Han fick tag i henne när hon satt i bilen och hade hunnit köra en liten bit. Hon lät inte så glad, det började ju bli sent på söndagseftermiddagen, men hon lovade att vända om och kontakta Emma för att få reda på var båten låg och få bryggnycklarna. Han bad henne också att komma till stationen när hon var klar med båten även om det skulle bli väldigt sent. Han ville också samla Håkan och Mats på stationen innan de slutade för kvällen så han ringde upp dem båda och bad dem komma. Håkan var hos Emma så Sten frågade efter var båten låg.

Sen sköljde han av kaffekoppen, tog med sig avspärrningstejp och gav sig av mot småbåtshamnen vid Segelsällskapets brygga. Där i början av Ringvägen, faktiskt ganska nära Sten radhusområde, skulle Axels båt ligga. Han hoppades stöta på Patricia så att han kunde komma ut på bryggan. Han ville också ha lite sällskap och Patricia var både trevlig och intelligent, en vacker kvinna som också var riktigt rolig om hon inte var för stressad.

De kom fram till bryggan samtidig. Plats nummer 34 skulle det vara och mycket riktigt, där låg en fin gammal Ockelbo DC, stor nog att övernatta i. Kapellet var till hälften nerfällt och det borttagbara bordet i sittbrunnen var uppmonterat. På det stod en flaska vin, två dricksglas och lite snacks.

Sten lät Patricia ensam gå ombord, han kände sig för klumpig och skulle bara vara i vägen om han också klev på båten.

– Jag tar hand om de här sakerna, sa Patricia när hon stack upp huvudet ur kajutan. Sen skall jag leta efter fingeravtryck, hårstrån och andra rester, så det lär ta en bra stund. Det ser inte ut som om någon har sovit på båten i alla fall, fortsatte hon, varpå hon sträckte över en plastpåse med glasen, flaskan och några andra saker. Ta hand om dessa och se sen till att spärra av så att ingen får för sig att kliva ombord.

– Visst det skall jag göra, sa Sten, kan du se hur mycket bensin det är i tanken?

– Den verkar vara i det närmaste full, och här står en full plastdunk. Jag skall mäta upp hur mycket det går att fylla på huvudtanken, så kan vi uppskatta hur lång den senaste båtturen var.

– Bra ide, det skulle vara värdefull information, kunde någon ha tagit båten fram och tillbaka till platsen där Axel hittades eller inte, funderade Sten och satte sig på bryggan.

Han kände sig ganska trött och lite tom i knoppen, det hade varit en lång dag och ännu var den inte slut. Just nu skulle han helst av allt ta Axels båt för en liten kvällstur, gärna tillsammans med Patricia, fantiserade han.

Då ringde telefonen, det var Malin som undrade om pappa skulle vara ledig under den kommande veckan.

– Då kan vi kanske låna din bil om du ändå skall vara på sjön, hoppades hon på.

– Nej, jag måste jobba men jag kommer nog inte att kunna använda båten så mycket. Den får ni gärna låna om ni vill, sa Sten.

– Typiskt, du jobbar alltid. Säg upp dig från Polisen och gör något annat så att du får tid att leva. Dessutom är det farligt. Bli fiskare i stället, föreslog Malin.

Sten log inom sig, Malin kände honom allt för väl. Visst, att bli fiskare var en barndomsdröm som aldrig tycktes gå i uppfyllelse. Men om han vann några miljoner på travet, så skulle han säga upp sig och köpa en mindre fiskebåt, det hade han lovat sig själv.

– Tyvärr blir det nog inget av med det, svarade Sten. Du vet var båtnyckeln finns om ni vill använda båten. Jag kommer att arbeta ganska intensivt, så det är bara att hämta den om jag inte är hemma.

– Tack pappa, du är bussig även om du jobbar för mycket, sa Malin och la på.

– Kom till polisstationen när du är klar med båten, även om det blir sent, vi måste summera upp och planera fortsatta arbetet! ropade Sten till Patricia och reste sig på den gungande pontonbryggan för att åka till stationen.

Han kom dit samtidigt som Mats, Håkan ringde och sa att han skulle komma in lite senare.

– Jag har pratat med Sjöholms fru och med hans kompisar och kollegor. Ingen säger sig känna till att Magnus Sjöholm

141

och Axel Nilsson umgicks. Enligt Teo och även Ivan så kände de varandra från skolan, men sedan har de gått skilda vägar. Sjöholm utbildade sig till snickare och Axel Nilsson studerade programmering efter gymnasiet. Enligt Sjöholm fru var Magnus bara med i en förening och det var DOLI. En lokal motsvarighet till Rotary eller Odd Fellow, en herrklubb som träffades för goda middagar några gånger per år. Magnus var inte speciellt aktiv, var kanske med en gång per år. Han var inte alls engagerad i politik eller någon grupp med särintressen.

Efter en stund kom både Håkan och Patricia in på kontoret. Sten samlade dem alla i mötesrummet och berättade om brevet till Nynäsposten, att Maria och han såg mycket allvarligt på meddelandet och att man måste agera snabbt för att förhindra eventuellt fler mord. Säpo var nu involverad, och de skulle i första hand skulle söka efter kopplingar mellan Sjöholm och Nilsson och om det finns någon gruppering som har hotat Sjöholm och Nilsson.

– De skall även intensifiera sökandet efter den röda bilen, avslutade Sten sin genomgång med.

Mats berättade vad han kommit fram till och Håkan berättade ungefär samma historia. Han hade även träffat ett par av Axels kompisar sedan skoltiden.

– De berättade att Axel varit ganska stökig i skolan, sa Håkan. Han var duktig och ordningsam på lektionerna men bråkade mycket på rasterna. De svaga gick han på och retade och de starka utmanade han, så det blev en del slagsmål. Han växte så klart ifrån det men hans rykte som bråkmakare lever kvar.

Patricia hade samlat ihop en hel del material och tänkbara spår på båten, men hon skulle ta med sig dem till Kungsholmen för analys direkt i morgon bitti.

– Jag kan dock med stor sannolikhet säga att båten inte lämnat bryggan i går. Bensintanken var helt full, det gick bara i en deciliter bensin och på det har ingen kunnat ta sig speciellt långt, sa Patricia.

– Men någon kan ju ha fyllt i bensin från en reservdunk och tagit den med sig, protesterade Håkan.

– Jo, så kan det ju vara, men eftersom det fanns en full reservdunk i båten så är det inte så troligt.

– Vi får nog ändå vara öppna för att någon eller några har varit ute med båten även om jag håller med Patricia att det är mindre sannolikt. Eftersom det ju stod en del framdukat på bordet så tyder det på att man i alla fall inte varit ute efter det att man druckit vin och käkat chips. Axel Nilsson har nog inte dumpats från båten, sa Sten.

Är det någon som talat med vår narkotikadömde vän, Tord Bylund, om han även kände Axel?

Det hade ingen gjort så Sten bestämde sig för att tala med honom direkt nästa morgon.

– Eftersom Hasse Rislund på Nynäsposten varit så behjälplig har jag lovat de skall få lite mer och lite tidigare information än de stora drakarna, fortsatte Sten. Notisen om att en person funnits drunknad i Nynäshamn i dag är redan ute på nätet. Men det framgår ingen misstanke om att den personen har blivit mördad eller att vi kopplar det samman med Sjöholms död. Jag föreslår därför att vi håller en presskonferens i morgon förmiddag där vi bara nämner att vi misstänker att Axel Nilsson blivit bragd om livet, men att vi inte nämner kopplingen med Magnus Sjöholm. Strax innan den presskonferensen tänker jag informera Nynäsposten om kopplingen mellan de två dödsfallen. OK?

Alla nickade instämmande.

– Bra, då ber jag Maria att kalla till mötet med pressen. Nu åker vi hem och får lite vila inför morgondagen, det kan behövas, avslutade Sten mötet med.

Väl hemma i radhuset öppnade Sten först en flaska kall öl och sedan altandörren. Han hann inte sätta sig i korgstolen förrän Tussan klämde sig igenom häcken och satte sig med flämtande tunga bredvid Stens fötter.

– Hej du, din rackare, vad vill du ha nu, en bit falukorv kanske? frågade Sten.

– Det skall hon inte alls det! hörde han Sofia ropa från andra sidan. Hon har redan glufsat i sig en av de korvar vi skulle grilla. Om det inte varit för henne så skulle vi bjudit dig på korv och potatissallad, fortsatte hon. Men om du har ett par korvar liggande så är du välkommen över.

Det tyckte Sten lät bra, så han hämtade några extra kryddade korvar ur frysen, tinade dem i mikron och grabbade tag i två öl. Sen stegade han över till sina närmsta grannar, Andreas och Sofia.

– I ditt yrke, vad har du för förhållande till Gud? undrade Sofia och Sten kunde ana att Andreas och Sofia haft en av sina diskussioner om religion.

Sofia är troende, men Andreas tycker att det bara är trams.

– Inget direkt, men det är klart att man funderar, svarade han. Många religioner hävdar ju att de är de enda som tror på "rätt" gud eller gudar.

– Ja, instämde Andreas, men folk på olika platser tror ju på olika gudar. Fast om det är samma gud, varför kan då inte Gud se till att alla inser det? Det är i alla fall så som jag funderar. Och varför lämnar den riktiga guden i så fall alla som inte tror på honom eller henne i sticket?

– Och om det nu finns en gud som är god, sa Sten. Då skiter hon eller han väl högaktningsfullt i om jag går på högmässan, tar nattvarden, biktar mig eller ber fem gånger per dag. En god gud har andra, mycket viktigare, saker att ta hand om. En god gud är bara intresserad av att jag handlar så bra som möjligt mot människor, djur och natur.

– Helt rätt, och en ond gud bryr jag mig inte om, och jag tänker inte följa några idiotiska regler. Den guden får klara sig själv, förklarade Andreas, och såg ut som om han kommit på den ultimata lösningen.

– Ja, ja, det är ju ingen ide att diskutera detta mer er, jag ångrar att jag frågade. Nu slänger vi på korvarna och käkar vi i stället. Vem vill ha en öl?!

Sten somnade på soffan direkt efter maten. Det hade varit en dag med stor mental ansträngning, så han var inte någon ideal middagsgäst precis.

– Dags att gå hem, sa Sofia och väckte honom.

Tussan följde med till altandörren, fick en halv korv, nöjde sig med det och gick sen snällt hem igen.

Kapitel 21

Måndagen den 11 juli

Vilken dag detta skulle bli, tänkte Sten när han vaknade.

Helst hade han velat dra täcket över sig och somna om när klockan ringde. Det var visserligen ljust och fint redan klockan sju, men med ett par mörka gardiner skulle det gå utmärkt att sova vidare.

Han gick upp, hämtade morgontidningen och hejade på Andreas som var ute och rastade Tussan. Där vid brevlådan kunde han se ut över fjärden, en otrolig syn, med några segelbåtar på väg norrut och ett kryssningsfartyg på väg in. Björkarna i förgrunden var härligt gröna, om än inte i den där skira nyansen från försommaren. De gula och vita rosorna som klängde på garagen längre bort och de röda tulpanerna, de som rådjuren så snällt sparat, gjorde sitt till för att förstärka och inrama utsikten.

När han satt sig ner vid altanbordet för sin normala frukost med kaffe och rostat bröd öppnade han DN för att se om de hade något om fyndet av Axel Nilsson. I Stockholmsbilagan fanns det verkligen en notis om att polisen funnit en död kropp utanför Nynäshamn och att det var den andra kroppen som hittats där på kort tid. Man spekulerade i att det fina vädret i kombination med alkohol kunde ligga bakom de bägge dödsfallen. Men annars ingen koppling mellan dem och heller inte någon antydan till att det skulle ligga något brott bakom dödsfallen.

147

Bra, tänkte Sten, då får de lite mer att rota i efter vår presskonferens.

Nynäsposten kommer ju bara ut på tisdagar och fredagar så där fanns inget att hämta. Han påminde sig själv om att kontakta Hasse Rislund under morgonen för att ge honom lite mer stoff att skriva om. Han skulle också åka ut till Tord för att klämma honom på lite uppgifter om Axel Nilsson och eventuellt alibi för kvällen och natten mellan lördag och söndag.

Men först ner till polisstationen. Eftersom han skulle ut till Tord och senare till presskonferensen på Kungsholmen så var han tvungen att ta bilen. Han hade helst av allt velat ta cykeln en sådan här skön sommarmorgon, men i dag hade han inget val.

Presskonferensen var satt till klockan 14.00 fick han reda på av Håkan som redan var på plats. Det skulle bara bli Maria och Sten på mötet med pressen. Varken obducent, rättsmedicin eller Säpo skulle medverka.

Sten ringde sen några samtal. Kollade att Tord skulle vara hemma och att Rislund skulle vara tillgänglig på redaktionen. Han ordnade också med att han och Maria skulle träffas klockan 13.00 för att lägga upp strategin inför presskonferensen och bokade ett möte med Kerstin från Säpo direkt efter pressmötet.

– Och du Håkan, kan du se till att de utfrågas om de sett något speciellt på bryggan och särskilt på Axel Nilssons båt på lördagen och natten till söndagen, bad Sten.

148

– Redan startat, svarade Håkan, jag har tagit fram en lista på de som har båtplatserna på samma brygga som Axel Nilsson och Mats tar tag i utfrågningen.

– Tjenare, då ses vi igen, inledde Sten med när han träffade Tord utanför dennes garage.

– Vad vill du nu då, jag har inte gjort något, så sluta trakassera mig nu när jag lever ett vanligt svenssonliv, sa en upprörd Tord.

– Jag har några frågor till dig så vi kan väl sätta oss någonstans, där borta vid gungsoffan kanske?

Tords gungsoffa hade väl sett bättre dagar, men ett par mörkgröna plaststolar stod bredvid, där satte de sig.

– Okej då, bara det går fort, jag skall skjutsa Madde till sin sjukgymnast om en liten stund.

– Bra, jag skall inte bli för långrandig. Det gäller en Axel Nilsson, känner du honom?

– Ja, jag vet vem det är, varför frågar du om honom?

– Vi hittade honom drunknad i går morse och misstänker att det inte var någon olycka som låg bakom dödsfallet, svarade Sten.

– Oh tusan, blanda inte in mig, jag har varit hemma hela helgen, sa Tord och höll avväpnande upp händerna i luften.

– Kan du styrka det?

– Jo, vi hade gäster, Maddes syrra och hennes pojkvän var här från fredag eftermiddag tills nu i morse. Syrran är här ibland för att hjälpa Madde och för att avlasta mig en del. Inte för att jag behöver så mycket hjälp, men när hon är här kan

149

jag arbeta med huset eller bilen utan att oroa mig för Madde. Den här helgen fick jag hjälp av syrrans kille med att fixa bromsarna runt om. Ni kan kolla med dem om du vill.

– Jo det skall vi göra, men du är inte misstänkt för något brott just nu. Men hur är det, vet du vem Axel var?

– Han gick i samma skola som jag, i alla fall på högstadiet. Vi gick i samma klass i ett år, tror jag.

– Hur var han, ordentlig, stökig, plugghäst eller enstöring?

– Han var ganska bra i skolan, men jag skulle inte vilja kalla honom för pluggis.

– Vet du om han kände Magnus Sjöholm? undrade Sten.

– Jag tror nog de kände varandra, alla kände i princip alla, men jag tror inte var kompisar. Fast Axel var lite samma typ som Magnus, han var stökig utanför skolan och mobbade nog en hel del. Fast jag klarade mig, han var inte på mig som Magnus var, mot mig var han sjyst.

– Tack för informationen. Vi kolla upp ditt alibi så att vi kan avfärda dig från våra misstankar.

– Men jag är ju inte misstänkt, sa du ju, vad menar du egentligen?

– Jag personligen tror inte att du är inblandad, men för att kunna göra en ordentlig undersökning inför mina chefer måste jag kunna motivera varför du inte är misstänkt, förklarade Sten. Och en sak till, även Axel Nilsson hade höga halter av Calmoin i sig, så vi måste ta reda på varifrån den kommer. Kan du hjälpa oss med det?

150

– Nej, jag har inte de kontakterna längre men hör med bänkgrabbarna i Nynäs, de kanske vet. De använder ju alla substanser de kan få tag på.

– Är det riktigt säkert? Det är väl inte så att du har överlåtit Calmoin till någon den senast tiden? Tänk på att detta nu är en mordutredning och att den som tillhandahållit drogen kan bli åtalad som delaktig. Om det är så, berätta för mig nu så lovar jag att du går fri för alla misstankar om delaktighet och för langning, sa Sten och försökte se så myndighetsmässig ut som möjligt.

– Men va fan, jag har slutat med sånt har jag ju sagt, nu får ni också sluta med era antydningar. Jag har Madde att ta hand om och jag vet inte hur hon skulle klara sig utan mig. Jag har inte råd med några dumheter nu för tiden.

Sten trodde på Tord, tackade för informationen och styrde tillbaka till Nynäshamn och mot tidningsredaktionen.

Chefredaktören tog emot Sten på sitt eget kontorsrum. De övriga i redaktionen satt i en gemensam lokal. De övriga, förresten, det var bara två till förutom Rislund på denna lilla redaktion. Inte så många resurser till grävande journalistik, så allt Sten kunde komma med var välkommet.

– Hej Sten, vad vill du ha? Förr i tiden skulle jag bjuda på en whisky och cigaretter, men det var då det, innan hälsohysterin slog till. Nu kan du välja kaffe eller te, vad önskas? sa Hasse.

– Tack, kaffe blir bra, svart tack, svarade Sten.

När Hasse hämtade kaffet såg Sten ut över den lilla parken. Den var fin men verkade inte användas så mycket. Åt andra hållet låg en stor, asfalterad parkeringsplats som gränsade till Konsum och Systemet.

Där finns nog en del av gubbarna som Tord nämnde. Jag får snacka med dem senare, i dag hinner jag inte, tänkte han.

Med en plastmugg kaffe i handen berättade Sten att de på presskonferensen skulle komma att gå ut med att Axel Nilsson troligen blev mördad.

– Vi kommer inte att nämna kopplingen mellan Magnus Sjöholm och Axel Nilssons dödsfall. Det lämnar jag till er att skriva om, sa Sten.

– Bra, sa Hasse, kan vi nämna brevet vi fått och att vi genom det har dragit slutsatsen att dödsfallen hänger ihop?

– Ja gör det, men avslöja inte ordalydelsen i brevet. Bara att ni tolkar brevet på det sättet och att det nu är överlämnat till oss. På det här sättet blir ni först med kopplingen mellan dödsfallen, men vi kommer att konfirmera er information till övriga tidningar om de frågar. Och det kommer de givetvis att göra.

– Det är okej och jag är mycket tacksam för det här tillfället att bräcka de stora tidningarna, sa Hasse. När börjar presskonferensen, sa du?

– Det sa jag inte, men den hålls klockan 14.00 i polishuset på Kungsholmen.

– Bra, då kommer jag också dit med mitt anteckningsblock som den antika lokaltidningsredaktör jag är.

Kapitel 22

För ovanlighetens skull var Maria på plats när Sten kom in till polishuset.

Hon vill nog inte missa mötet med pressen, tänkte Sten. Chansen att synas och höras både av allmänheten och av högsta polisledningen.

Hon är en karriärmänniska, men en kompetent sådan, var hans omdöme om sin närmsta överordnad.

De gick igenom vad som skulle sägas och vad som skulle utelämnas. Huvudbudskapet var att de misstänkte att Axel Nilsson blivit mördad. Omständigheten att de hade hittat en stor mängd narkotikaklassat läkemedel i blodet trots att han inte var någon missbrukare, och att han påträffats i vattnet nedanför Ringvägen med krosskador från ett högt fall skulle kunna sägas. Inga fler omständigheter skulle nämnas för att inte försvåra utredningen.

De skulle också vädja till allmänheten att lämna in eventuella tips om vad de sett under lördagskvällen och natten till i går, söndag. Allt var av intresse, speciellt i området kring bryggorna vid segelklubben och på Ringvägen.

Inget skulle nämnas om kopplingen mellan Magnus Sjöholms och Axel Nilssons dödsfall. De skulle neka till det, men efter Nynäspostens publicering av brevet i morgon skulle de gå ut och bekräfta den kopplingen. Då skulle de igen gå ut med fantombilden på flickan de sökte i samband med utredningen av Sjöholms död.

Orsaken till detta hemlighetsmakeri var att de ville ha in tips om det senaste dödsfallet så fort som möjligt utan att distrahera allmänheten med ännu ett mord.

Att Säpo var involverad i utredningen fick absolut inte komma fram i detta skede.

När Maria och Sten kom in i pressrummet blev de förvånade över att det var så många journalister där.

Varför detta stora intresse för ett misstänkt dödfall i Nynäs? undrade de

– Det är väl sommarens nyhetstorka som gör att de söker efter varje tillfälle att få ett scoop, viskade Maria till Sten.

Då spred det sig fniss och dämpade skratt ibland besökarna. Mikrofonerna var tydligen redan på!

Så det var bara att fortsätta på den inslagna vägen, ursäktande slå ut med armarna och fråga journalisterna om det inte stämde. Och, jo det kunde de väl hålla med om.

På så sätt fick denna presskonferens ett uppsluppet inledande.

För att förstärka den avslappnade atmosfären var de flesta klädda i shorts och t-shirt eller kortärmade sommarskjortor. Förutom en allvarlig herre från nyhetsredaktionen på en av de stora tv-kanalerna. Han verkade inte alls road av sommar- och semestertidens trevliga stämning.

Även Hasse Rislund från Nynäsposten hade hunnit dit och han såg lite smått road ut.

– Välkomna till denna information, började Maria. Hoppas vi kan avhjälpa en del av sommarens nyhetstorka. Även om stämningen efter vår lilla fadäs är munter så är det ett allvarligt brott vi skall ta upp. Jag, Maria Lundskog från Rikskriminalen, kommer att inleda presentationen. Ansvarig kriminalkommissarie Sten Strand här bredvid mig kommer att bistå mig med att svara på eventuella frågor från er.

Därefter drog Maria den överenskomna informationen. Alla reportrarna, förutom Hasse Rislund, höll upp sina smarta telefoner och spelade in allt som Marias sa. Han antecknade i stället flitigt i sin lilla, svarta bok.

– Vad är det för drog ni funnit i den avlidnes blod? undrade en anonym reporter.

Artighetsprincipen att presentera sig ingick inte i de flesta journalisters repertoar.

– Det kan vi av utredningstekniska skäl inte svara på, sa Sten.

– Okej då, fortsatte samma reporter, hur kan ni då vara så säkra på att personen, var det Axel Persson han hette, inte råkat ut för en tragisk olycka?

– Axel Nilsson, rättade Sten, skulle sova i sin båt och hade ingen anledning att bege sig bort längs Ringvägen till fots. Han hade dessutom en huvudskada som inte kan ha uppkommit genom fallet från vägen ner till vattnet.

Det blev bara några fler detaljfrågor sen upplöstes mötet ganska snabbt.

Maria och Sten gick ut till fikarummet, tog varsin kopp kaffe och pustade ut. Det är ganska ansträngande att hålla i

155

en presskonferens, man kan aldrig veta vilka kluriga och tillspetsade frågor som kan komma upp.

– Jävla fadäs i början med de påslagna mikrofonerna, tur att vi inte sa något känsligt, sa Maria, stämningen blev i alla fall bra. Vi måste vara försiktiga så att det inte händer igen. Men annars gick det ju bra, konstaterade hon.

– Det är nog bäst att vi väntar tills vi läst vad de skriver innan vi ropar hej, svarade Sten. Underskatta inte reportrarnas skicklighet i att rota fram information som vi inte vill skall komma fram eller som vi inte har.

– Det får vi nog snart reda på via onlinenyheterna. Nu lämnar jag dig här, måste kila till nästa möte, sa Maria och försvann.

Sten sökte upp Kerstin från Säpo. Hon satt längst in i byggnaden i annan avdelning bakom låsta dörrar. Sten fick ringa på henne så att han blev insläppt.

– Hej Sten, välkommen till mitt krypin, sa Kerstin. Jag tjuvlyssnade på ert möte med pressen, det verkade ju gå bra men ni måste lära er att kontrollera mikrofonerna, skrattade hon vänligt.

– Jo, det kunde ju ha gått illa. Men hur har du kunnat lyssna på oss, du var ju inte där, undrade Sten förvånat.

– Glöm inte att jag är på Säpo och att vi är kontrollfreaks. Pressrummet tillhör vår naturliga bevakningszon. Eftersom vi är inblandade i denna utredning så kopplade jag helt enkelt in mig på pressrummets dolda kameraövervakning. Konstigare än så var det inte.

– Okej, lyssnar ni av mig och min telefon också, sa Sten lite surt.

– Nä, vi misstänker inte dig för något som rör rikets säkerhet, så du behöver inte oroa dig för det.

Jo tjena, med Säpo vet man aldrig, tänkte Sten, men släppte det och gick vidare med att fråga vad Kerstin och hennes kompisar kommit fram till.

De hade inte funnit någon stark koppling mellan Sjöholm och Nilsson, förutom att de var lika gamla och hade gått på samma skola men inte i samma klass. Sjöholm hade spelat fotboll, men Axel Nilsson hade mer varit intresserad av sjösporter som vindsurfing och segling. Den enda kopplingen i vuxen ålder var att båda var medlemmar i DOLI. Axel hade varit ganska aktiv där men inte Magnus Sjöholm. Vad Säpo fått fram var DOLI en harmlös herrklubb i Nynäshamn. Den hade inga kopplingar till någon annan förening som Odd Fellow, Frimurarna eller Rotary. Vad gällde brevet och om någon aktivistgrupp med koppling till Nynäs kunde ligga bakom det så hade de inte hittat något anmärkningsvärt. Där finns en lös gruppering av främlingsfientliga och rasistiska, unga, arga män.

– Vi har full koll på dem, sa Kerstin, men de är bara enfaldiga, lågt utbildade, fega nättroll som inte vågar ta någon direkt konfrontation. Sen finns det miljöaktivister, mest unga tjejer som ropar högt, släpper ut grisar och höns, och i allmänhet värnar om allt levande, även människor. Så att de skulle mörda oskyldiga män i trettioårsåldern är också ganska osannolikt.

– Inga uttalade hot eller grupperingar beredda att sprida skräck alltså?

– Nej, men det är mycket viktigt att ni meddelar oss direkt om det kommer in något nytt brev eller meddelande liknande det som Nynäsposten mottog.

– Givetvis, samarbete är vårt honnörsord. Hur går det med bilen, några spår där? undrade Sten.

– Vi har inte lyckats hitta den röda Peugeoten. Den finns inte på våra vägar. Därför började vi söka bredare efter vilken Peugeot 207 som helst i modellår 2007 till 2010. Två av våra killar har suttit hela natten för att gå igenom övervakningskameror från bensinstationer. På en övervakningskamera från OK/Q8 i Handen såg de en blå Peugeot 207, så de kollade upp registreringsnumret, REO 188. Det registreringsnumret tillhör en Volvo, så bilen var uppenbarligen falskskyltad. Det enklaste sättet att falskskylta är helt enkelt att ändra på några bokstäver och siffror. REO 188 skulle lika gärna kunna vara PFO 133. Och vilket nummer är det? Jo, det är registreringsnumret på den bil som försvann från Claes Broberg i Västertorp!

– Utmärkt jobbat, vi skall alltså koncentrera oss på en blå falskskyltad Peugeot, sa Sten. Jag går ut med det beskedet omgående till min spaningsgrupp och vi går ut med en rikstäckande efterlysning.

– Det behövs inte, efterlysningen är redan ute, sa Kerstin.

– Okej, bilen är högsta prioritet, som både Säpo och vi skall försöka få tag på. Ni fortsätter att utreda eventuella kopplingar mellan Sjöholm och Nilsson och också eventuella grupperingar som kan tänkas ligga bakom morden, summerade Sten upp deras möte.

– Stämmer, vi håller kontakt, sa Kerstin och lotsade Sten ut från de säkerhetsklassade lokalerna.

Kapitel 23

Sten satte sig i bilen och ringde till Håkan för att be honom att samla ihop teamet till ett möte om en timme. Teamet denna gång bestående av, förutom honom själv och Håkan, även Mats och Patricia.

Sen tryckte han in en CD med Carlos Santana, drog upp volymen, lade i växeln och åkte iväg.

I bilen ut till Nynäshamn fick han tid att reflektera över de senaste händelserna.

Har vi fått en extrem gruppering på halsen eller är det en ensam galning som härjar i vårt lugna Nynäs? Vad har Sjöholm och Nilsson gemensamt förutom att de är lika gamla, har gått i parallellklasser på samma skola och att de mobbade en del av sina så kallade skolkamrater?

Han hade inga svar, men han lovade sig själv att hitta den eller de skyldiga innan någon mer fick sätta livet till.

Men tankarna drog också iväg åt annat håll.

Vad gör Malin, är det allvar med Artur? Och vad gör jag av mitt liv, arbetar när jag skulle vara ledig, tänkte han. Är ensam fast jag har bra jobb, eget hus, ordnad ekonomi och ser nog ganska bra ut för min ålder. Vad är det för fel på mig? Det är nog jobbet som skrämmer bort de flesta normala kvinnorna, trodde han. Det är i alla fall vad Malin säger till mig hela tiden. Men som alltid får jag ta tag i det senare, nu finns det viktigare saker att ta i tu med, tänkte Sten och ökade ljudet ännu mer när Santana drog igång den gungande låten "Smooth".

På stationen i Nynäshamn väntade redan Håkan och Mats. Patricia var i Stockholm och analyserade sina fynd, så hon skulle vara med på telefon.

Sten hade köpt fikabröd till fyra så ett blev över. Det smög han undan för att ha för sig själv i kväll. Utan dåligt samvete, han hade ju betalat wienerbröden själv.

Håkan satt med sin laptop i knät och Mats var försjunken i sin smarta telefon. Inte för att ringa utan för att göra något helt annat som låg utanför Stens förståelse.

– Vad gör du? undrade Sten.

– Jag kollar in vad de skriver om presskonferensen. Det är inga konstigheter förutom att Kvällsposten spekulerar i om mordet av Nilsson har något samband med Sjöholms död. Reportern tycker sig se en del likheter och han har redan hunnit prata med Anita, Sjöholm fru, som berättade att även Sjöholm var drogad.

– Oj, då, den duktiga grävande journalisten. Då är det bara för oss att bekräfta att dödsfallen hänger ihop när vi får den frågan, sa Sten. Det är bäst att meddela Maria om detta, sa han och ringde direkt upp henne.

Sen ringde de upp Patricia och kopplade på högtalaren.

Håkan kunde berätta att det cirkulerade en massa rykten på olika sociala medier, tokstollar som skylde på allt från invandrare och rumänska tiggare, till militanta kommunister och veganterrorister.

– Inget av värde, men det är olyckligt att en mängd oseriösa och direkt felaktiga rykten kommer i omlopp.

– Patricia, vad har du fått fram? undrade Sten.

– Jag fick en hel del tydliga fingeravtryck från båten som inte är Axels. De är avstämda mot Axels fru och familj med en hel del träffar. Men jag har också ett fingeravtryck som inte kommer från den närmaste familjen. Det kommer inte heller från någon som har hörts i samband med utredningen kring Sjöholm. Dessutom har jag en hel del hårstrån och en del spår efter tyger, kläder alltså. Hårstråna är skickade på DNA-analys och tygspåren behåller jag för jämförelse med någon eventuellt misstänkts kläder.

– Bra. Hittar vi bara den skyldige så kommer vi att ha starka bevis emot den personen.

Sten drog sen snabbt vad Kerstin och Säpo hade fått fram. När han nämnde att den röda Peugeoten nu blivit blå vaknade Håkan till.

– Jag träffade ordföranden för NSS, Nynäshamns Segelsällskap, Björn Skär, när jag var nere vid Nilssons brygga. Han hade sett en liten blå bil som var klumpigt parkerad framför segelsällskapets klubbhus sent på lördagskvällen. Något bilnummer hade han inte lagt på minnet och inte heller hade han sett någon bilägare. I så fall hade han sagt till den personen att omedelbart flytta på bilen. Det var troligen vår eftersökta Peugeot, fortsatte Håkan, jag skall visa honom

162

några bilbilder för att om möjligt få klarhet. Jag har även träffat en man som var på bryggan sent den kvällen. Han hade sett Axel tillsammans med en tjej i sittbrunnen. Han hade hejat på Axel eftersom de känner till varandra, men tjejen visste han inte vem det var.

Håkan hade visat fantombilderna, både den blonda och den mörka varianten, för mannen. Det kunde mycket väl vara den blonda hade Håkan fått reda på.

– Splendid, sa Sten. Nu måste vi bara hitta kvinnan och bilen. Jag vill att du, Mats, kollar upp de kompisar till bilens ägare som hade lånat bilen. Kolla om någon av dem har ett garage där den kan stå. Någon av dem måste ha fått en bilnyckel av ägaren när de lånade bilen, ta reda på var den nyckeln är. Det måste göras nu direkt, ta gärna hjälp av Linda Stefano, men gör det så snabbt och effektivt som möjligt.

Som vanligt försökte Mats att protestera mot den sena tjänstgöringen, men han började bli van och dessutom var detta det mest spännande han varit med om som polis, så protesterna var ganska lama. Det märkte Sten.

– Nu börjar du bli som vi andra. Det är som ett gift det här med utredning av allvarliga brott, sa Sten till Mats och log lite snett. Säpo har redan skickat ut en efterlysning av den numera blåa bilen. Håkan, du kan väl också skicka ut en separat efterlysning till alla poliser i Södra Stockholmsområdet. Sen vill jag att du visar fantombilderna för Axels sambo Emma och för hans föräldrar. Vi ses här igen i morgon klockan 07.30 sharp, avslutade Sten med. Ja inte du

163

Patricia förstås, du får jobba på med ditt i Stockholm som vanligt.

Kapitel 24

Det var redan sen eftermiddag, så Sten bestämde sig för att åka hem. Han skulle köpa med sig kvällstidningarna och titta på tv-nyheterna för att se vad som sas och skrevs om händelserna i Nynäshamn.

När han kom in i hallen märkte han att någon varit där. Posten låg prydligt på hallbordet.

Det kan inte ha varit någon inbrottstjuv, tänkte han.

Mycket riktigt, på köksbordet låg en lapp från Malin.

"Hej pappa,

Vi antog ditt erbjudande om att låna båten så vi tog med oss tältet och mat för några dagar.

Om vädret håller i sig blir vi nog borta tills på torsdag.

Puss Malin

PS. Artur hälsar och tackar för att du lånar ut båten till oss. DS"

Bra, hoppas de får några sköna dagar, själv blir det väl bara jobb, tänkte Sten och tyckte synd om sig själv.

Sten tog ut ett plaströr med ärtsoppa och värmde soppan i en kastrull. Till den tog han sen hårt bröd med vällagrad grevé och ett glas mjölk.

Kvällstidningarna hade bara små notiser om att en man funnits död i vattnet utanför Nynäshamn och att man misstänkte att han blivit mördad. Polisen har ingen misstänkt och inget motiv, var vad man meddelade. Samma information fanns på deras nättidningar. De stora dagstidningarna meddelade detsamma, men Dagbladet hade dessutom lagt till en egen spekulation om att de två senaste dödfallen i Nynäshamns vatten kunde hänga ihop och undrade då givetvis om även Sjöholm hade blivit mördad.

På Nynäspostens internet-tidning hade Rislund själv skrivit att de fått ett trovärdigt anonymt tips om kopplingen mellan de två dödsfallen. När de kontrollerat omständigheterna vid de båda dödsfallen kunde det mycket väl vara på det sättet. Polisen var underrättad om tipset. Sten räknade nu med att de övriga tidningarna skulle börja jaga honom på telefon. Det var nu sent på kvällen så han stängde av sina vanliga telefoner och lämnade bara sin tjänstetelefon med hemligt nummer påslagen. Han gick ut på altanen, drog ett djupt andetag i den ljumma sommarkvällen. Han började bli orolig för vad som kunde komma. Tänk om det var en seriemördare lös i Nynäs och om de inte skulle kunna förhindra ett tredje mord.

Vem eller vilka skall vi skydda och vem eller vilka måste vi få tag i så fort som möjligt för att förhindra en ruskig utveckling?

Han kände ett tungt ansvar på sina axlar och undrade om han var rätt person att klara av denna press. Sten bestämde sig för att ta upp det med Maria direkt i morgon bitti fast han visste svaret.

"Du är den bästa och mest erfarna utredaren vi har, ingen kan ersätta dig så du blir tamejfan kvar till du löst detta. Sen lovar jag dig fyra veckors betald permission", skulle bli hennes svar.

166

Med dessa tankar i huvudet gick han och la sig, det skulle bli ännu en tuff dag i morgon.

Kapitel 25

Tisdagen den 12 juli

Han vaknade med ett ryck, det var någon utanför fönstret. Men när han tittade ut såg han nästan ingenting i den tjocka dimman.

Äh, jag har bara drömt, tänkte Sten och tittade på klockan. Den var redan åtta och han hade försovit sig. Då förstod han att det var hans tjänstetelefon som ringt.

Mycket riktigt, det var Håkan som ringt, de satt säkert och väntar på honom nu.

– God morgon Håkan, ursäkta men jag har försovit mig, kommer så fort som möjligt till stationen, sa Sten.

– Det behöver du inte, svarade Håkan, inte för min skull i alla fall. Jag är hos Axels föräldrar här bredvid, så jag tänkte komma över när jag är klar. Det blir väl om fem, tio minuter, är det okej?

Det var det. Sten satte på kaffebryggaren och slängde sig i duschen.

Håkan kom in med Nynäsposten och Dagbladet som han fiskat upp ur Stens brevlåda.

– Får jag bjuda på kaffe och rostat bröd? undrade Sten. Jag har tyvärr inget fikabröd hemma.

– En slät kopp blir bra, tack. Jäkla väder nu på morgonen, man ser knappt handen framför sig. Men det skall lätta och bli en klar och fin dag har de lovat.

168

Det kändes bra. Sten var lite orolig för Malin och Artur som var ute på sjön. Men de låg säkert och sov i någon skyddad vik just nu.

De satte sig vid köksbordet och tittade igenom tidningarna. Nynäsposten hade dragit på med stora rubriker. Hela framsidan var täckt med nyheten "Två män mördade i Nynäshamn", fortsatt med att de misstänkte att någon extrem organisation låg bakom.

Dagbladet hade bara sin notis om det senaste mordet och att det kanske fanns någon koppling mellan det och den som funnits drunknad för en tid sedan. I stort sätt samma som de hade skrivit på sin nättidning i går.

– Nu skall det bli intressant att se hur många som hoppar på Nynäspostens vinkling, sa Håkan. Du kan väl slå på tv:n, så får vi höra om de nämner något?

Det var inga nyheter just då så de lät den stå på.

– Jag var just hos Axels föräldrar, som jag nämnde. De reagerade på ungefär samma sätt som många andra, de tyckte att flickan på bilden var bekant men kunde inte placera henne någonstans. Hon var i alla fall ingen av Axels närmaste vänner, sa Håkan.

– Skolfoton, fick du med dig några skolfoton? undrade Sten.

– Nej, men jag kilar över nu och hämtar det de har, sen ses vi på stationen.

– Bra, jag fixar till mig och åker dit direkt.

Mats var redan på plats när de kom till polisstationen.

169

– Var tusan har ni varit, sa Mats och lät lite sur. Vi skulle ju träffas här klockan sju, så jag tvingade mig hit i tid efter att ha arbetat halva natten.

– Ursäkta, sa Sten utan att nämna att han försovit sig, Håkan och jag har kollat igenom morgontidningarna.

– Det kunde ni väl ha gjort här tillsammans med mig i stället!

Mats och Linda hade verkligen arbetat länge kvällen före med att åka hem till och höra de personer som hade lånat bilen av Claes Broberg. Två hade tillgång till garage, men där fanns inte den saknade bilen. De hade även kollat upp de garage som föräldrar, sambos och partners förfogade över, utan resultat. Dessutom hade de samtidigt hållit utkik efter någon rullstol.

En rullstol påträffades hos William Stone, killen som lånat bilnycklarna av Broberg. Rullstolen stod i ett tomt garage och han hade inte kunnat redogöra för vart nycklarna tagit vägen.

– Så vi tog med oss rullstolen för undersökning, sa Mats. Linda är nu på väg med den till Patricia för att se om dess spår stämmer överens med de som hon hittat på fyndplatserna. Jag tycker också att vi tar in killen till förhör nu direkt.

– Bra, mycket bra, ta in honom till Kungsholmen nu direkt, så hör vi så fort vi kan, sa Sten.

Att han försovit sig var redan överspelat, nu gällde det att handla på alla möjliga och omöjliga sätt.

Håkan hade faktiskt fått med sig några skolfoton från Axels föräldrar och han var redan djupt försjunken med att jämföra skolflickornas ansikten med fantombilderna som Alina gjort.

Ingen lätt uppgift, men han lyckades kryssa för tre unga tjejer som det kunde tänkas vara. Katrine Larsson, Tuva Axelman och Linda Lövhage.

Håkans uppgift blev nu att hitta dessa tjejer och kolla upp dem. Han åkte tillbaka till Axels föräldrar med skolfotona för att se om de har något speciellt minne av tjejerna, men först skannade han dem till deras gemensamma arkiv.

Sten kom ihåg att Magnus Sjöholms föräldrar lovat att titta igenom skolfotona efter honom så han ringde upp dem.

Jo visst, de var tillbaka hemma men hade glömt bort att gå igenom dem. De lovade att göra det under dagen och återkomma till Sten.

– Tror ni verkligen att vår Magnus blivit mördad, sa pappan, och av samma typ som mördat den där Axel? Då måste ni göra allt för att få fast den skyldige så att det inte händer fler ryssligheter. Och för vår skull, vi kommer inte att kunna få någon ro innan vi vet vad som har hänt.

– Det lovar jag, sa Sten, ert bidrag med att gå igenom skolfotona kan bli avgörande. Mats, ordna så att den där William blir förd till Kungsholmen och ring när han är på plats så kommer jag dit. Ta också in Tord Bylund för säkerhets skull. Han behöver sättas under riktig press en gång för alla. Nu måste vi vända på alla stenar. Men först skall jag försöka prata med Axels arbetsgivare.

171

Axels arbetsgivare skulle kunna ta emot Sten direkt, så han hoppade in i sin tjänste-Volvo och styrde mot Kista, han satt till och med upp blåljuset på taket för att kunna köra lite fortare än normalt. I dag njöt han av att köra i 180 på motorvägen, livligt påhejad av ZZ Top på högsta volym.

I Kista, tänkte han, där är det väl bara en massa IT- och Telekomnördar som lever i sin egen värld av ettor och nollor.

Men så kom han att tänka på en av sina mer utåtriktade och kulturella kompisar från gymnasiet. Han var numera en hög chef på "de tre korvarna" och sannerligen ingen nörd.

Skall bli intressant att se vilken typ Axel hade arbetat åt.

Sten parkerade på en besöksparkering och anmälde både sig och bilen i receptionen. Där var det svalt, luftigt och stilrent. Han bjöds på en kopp kaffe ur en automat med fjorton olika varianter att välja på medan han väntade. Han fick vänta en kvart och under den tiden studerade han personalen som kom och gick. Där var allt ifrån allvarliga män i mörka kostymer och kvinnor i dyra dräkter, till de lite yngre i jeans och skjorta. Dyra märkeskläder såg de dock ut att vara. Men där kom även en hel del bohemtyper som inte verkade bry sig om hur de såg ut. Det var nog de tekniska hjärnorna, så värdefulla för företaget att de fullständigt kunde ge sjutton i klädkoder och affärsmässig stil, hann han tänka innan Axels förra chef dök upp.

De gick till ett litet samtalsrum i anslutning till receptionen och Sten tog ytterligare en kopp kaffe med sig.

– Tack för att du kunde ta emot mig på så här kort varsel, sa Sten till chefen som visade sig vara en av de där avslappnade typerna. Du känner väl till att Axel Nilsson är död. Vi befarar dessutom att han har blivit mördad.

– Jo, jag har fått höra det och jag såg också något om det i tidningen i morse. Men att han blivit mördad, är ni verkligen säkra på det?

– Det är vi, men jag kan inte gå in närmare på det. Jag skulle bara vilja veta lite om hur Axel var och kanske ännu mer om vem han var.

Chefen berättade att Axel var en mycket kompetent och ansvarstagande programmerare. Omtyckt bland kollegorna men utan att vara närmare bekant med någon av dem.

– I alla fall så vitt jag vet, sa chefen, kanske berodde det på att han bodde så långt bort. Han var nog den enda på avdelningen som bodde söder om stan. Ibland är, eller kunde, han vara lite spydig och nedlåtande mot en del personer, som mobbning men inte fullt utvecklad. Han verkade själv vara medveten om detta och korrigerade själv sitt beteende. Bra självinsikt måste jag säga.

– Hade han några udda intressen eller hade han uttryckt några extrema åsikter som framkommit under fikaraster, personalfester eller så? undrade Sten.

– Nja, han hejade på Bajen, det var väl lite udda, men skämt åsido, han verkade vara en normal programmerare. Om nu vi programmerare är normala. Politik och internationella frågor verkade han inte vara speciellt intresserad av och kom de någon gång upp så verkade han vara en borglig socialist.

– Har ni på avdelningen blivit hotade, arbetar ni med något företagshemligt, känsligt projekt?

– Vi arbetar med en del produktutveckling, men inget topphemligt och det är ingen som har hotat oss på något sätt.

– Hör gärna av dig om du kommer på något nytt. Tack för samtalet, det var kul att se er imponerande reception, sa Sten och gick ut genom de stora snurrdörrarna i glas.

På väg tillbaka söderut körde han förbi det stora bygget av norra länken och nya Karolinska som aldrig verkade bli klart. Hur mycket har det inte kostat samhället räknat i förlorad arbetsinkomst bara för de som suttit i dessa ständiga köer. Han svängde ner på Klarastrandsleden och sen över bron till Kungsholmen. Eftersom det nu var en vacker sommardag var det en hel del kanotister ute på kanalen. Där var även sådana som stod upp på en surfingbräda och paddlade. Helt obegripligt för Sten. Antingen satt man i en kanot och paddlade eller så vindsurfade man, det var hans bestämda åsikt.

Men det är väl skillnad på hur skärgårdsbor och storstadsbor vill och kan utnyttja sina vatten, tänkte han.

Kapitel 26

Väl på Kungsholmsstationen gick han direkt till förhörsrummen och mycket riktigt, där utanför träffade han på Mats.

– Tjena, vi har Tord här i ett rum men William fick vi inte tag på. Han var inte hemma eller på sitt arbete eftersom han hade semester. Vi fortsätter att söka honom på hans mobil, sa Mats. Men du, Tord är ganska så förbannad för att vi tog hit honom, han anser att vi trakasserat honom tillräckligt.

– Det har han nog rätt i. Kan du säga till honom att jag snart kommer och fråga om han vill ha någon smörgås eller liknande? bad Sten. Jag går till personalmatsalen så länge, men ring och meddela vad han vill ha därifrån.

Tord ville bara ha en ostfralla och en Pepsi. Sten köpte det, och en köttbullemacka och mineralvatten till sig själv.

Sen stålsatte han sig och klev in till Tord.

– Jaså det är du, du lovade ju att låta mig vara! Varför trackar ni mig så här?

Tord var så upprörd så att han skakade när han skulle öppna läskburken. Eller så skakade han av annan orsak, men det var svårt att avgöra för Sten.

– Tyvärr, vi har två mord på halsen och jag har stor press på mig att lösa fallet så snabbt som möjligt. Jag vill kunna avskriva dig så fort som möjligt, men jag hoppas också att du kan hjälpa mig med en del pusselbitar.

175

– Hur fan ska jag kunna det när jag inte har något med det här att göra?

– Jag försöker gräva lite tillbaka i tiden, skoltiden, och där var du ju med, eller hur? Men först vill jag att du än en gång redogör för vad du gjorde den 24–25 juni, då Magnus dog, och den 9–10 juli, då även Axel hittades död.

Tord redogjorde, något irriterat men ändå, för dessa dagar så gott han kom ihåg. Redogörelsen stämde väl överens med det han tidigare berättat och Sten fann ingen anledning att misstro honom.

Sen tog Sten fram skolkorten och visade på de tre flickorna som Håkan hade valt ut.

– Känner du igen dessa och vad har du att berätta om dem? undrade Sten. Var någon av dem mobbad av Axel eller Magnus?

– Jo, jag känner igen dem, jag gick ju till och med i samma klass som dem. Hon där, sa Tord och pekade Tuva, var en ganska anonym tjej, duktig, gjorde inte så mycket väsen av sig. Katrine Larsson var jag kompis med, hon blev också mobbad av både Axel och Magnus. Det var synd om henne, det var nog bara jag som brydde mig om henne. Tyvärr vet jag inte vad som har hänt med henne eller vad hon gjorde efter skolan.

– Den där Linda var populär bland killarna, hon var söt, fast hon verkade alltid lite ledsen. Jag tror hon bodde med sin moster eller om det var mormor. Hon var också snäll och försökte stå upp för dem som blev mobbade. Jag tror hon flyttade in till stan senare, men vi har ingen kontakt.

– Tack, det var intressant information. Vad kan du berätta om Calmoin? frågande Sten. Var ärlig nu, jag tänker inte sätta dit dig för något ringa narkotikabrott om det är så.

– Okej, okej, vi har lite Calmoin hemma för Maddes skull. Hon får det av läkarna, men det är inte så mycket så jag har skaffat lite på sidan.

– Från vem? Det är viktigt Tord. Från vem? Jag lovar, vi skall inte nämna ditt namn till någon, men det här är en mordutredning så det är mycket viktigt att vi får veta vem som säljer Calmoin i Nynäs.

– Lova mig det.

– Jag lovar det, vi spelar in detta förhör så mitt löfte kommer att finnas i förhörsprotokollet, sa Sten.

– Det är Krille, du kanske känner till honom?

– Krille Öholm?

– Ja så tror jag att han heter, svarade Tord.

Sten reste sig och gick ut ur förhörsrummet till Mats som stått utanför och lyssnat.

– Vad är din åsikt, talar han sanning? undrade Sten.

– Det tror jag, jag tror inte att Tord är direkt inblandad i morden. Möjligen finns han på sidan av med hantering av Calmoinet, men jag tror inte han har haft någon kännedom om vad som kom att hända, svarade Mats.

– Bra, då är vi av samma åsikt. Nu gäller det att hämta in Krille Öholm så fort det bara går. Be Linda Stefano att ordna med det. Vi tar honom hit, det blir lite mer skrämmande för honom än att höra honom på stationen i Nynäs. Sedan vill jag att du kontaktar Håkan som arbetar med att få tag i de tre tjejerna från skolfotot. Han bör börja med Katrine Larsson, hon var tydligen mobbad av både Sjöholm och Nilsson. Ta sen reda på var vi kan hitta de övriga två, sa Sten. Under tiden skall jag tala med Patricia för att se om det kommit fram något intressant.

Han hittade Patricia i labbet tillsammans med Maria.

– Hej Sten, ursäkta, jag vill inte blanda mig i utredningen, men jag har alltid intresserat mig för det kriminaltekniska. Hade jag inte blivit chef så hade du nog funnit mig här till vardags, förklarade sig Maria.

– Du behöver inte ursäkta dig, vi behöver all hjärnkapacitet vi kan få i den här utredningen, svarade Sten. Nå, vad har ni två teknikfreak för nyheter att berätta?

Patricia hade studerat rullstolen de funnit hos William Stone och jämfört med spåren från de bägge fyndplatserna.

Det är inte samma spårbredd, vilket jag borde ha tänkt på från början när vi hämtade upp stolen. Det är alltså inte rätt rullstol. Så det var en återvändsgränd kan man säga, sa Patricia. Inte heller Williams fingeravtryck stämmer med något som jag tog från Axel båt. Så rent tekniskt har vi inget som pekar på att William varit inblandad.

– Bra i alla fall, flikade Maria in. Ju fler vi kan avfärda desto färre har vi kvar att koncentrera oss på.

Tack, det är så bra med knivskarpa slutsatser, tänkte Sten och log artigt mot Maria.

Hon tog sen med sig Sten in till ett angränsande rum för att få en snabb genomgång av läget.

Sten gick igenom vad som hänt sedan de senast sågs på presskonferensen.

– Bra, jag ser att du arbetar brett, men nu måste ni klara upp det här snarast. Jag har hela jävla journalistkåren på mig, de ringer stup i ett. Vad vill du att jag skall säga, har du något speciellt du vill få ut till allmänheten?

– Det skulle vara bilen, vi måste hitta den. Säg att vi letar efter en blå Peugeot 207 med det falska registreringsnumret REO 188 eller det riktiga PFO 133. Och om de frågar så kan du bekräfta att vi tror att de båda dödsfallen hänger ihop och att bägge personerna blivit mördade.

Då ringde telefonen i Sten ficka.

– Okej, okej, hmm, mejla en kopia till mig direkt, och nej, gå inte ut med detta innan jag ger dig klartecken, kunde Maria höra Sten säga innan han lade på.

– Det var Hasse Rislund från Nynäsposten, de har just fått in ett nytt meddelande som liknar det förra. Det står något om att det kommer att gå för er andra på samma sätt som för Magnus och Axel. Låt oss gå till en dator och hämta upp mejlet nu direkt, sa Sten.

Del 3

Utö

Kapitel 27

– Vi går till mitt rum, där får vi vara i fred.

"Två som förstört andras liv är nu döda. Vi kommer att fortsätta med nästa och nästa och nästa … Ta in detta meddelande i fredagens tidning annars bränner vi ner redaktionen."

– Vad betyder nu det här? Vi har två olika hot i samma meddelande, ett om fortsatt mördande och ett riktat mot Nynäsposten, konstaterade Maria.

– Det är i alla fall troligen samma person eller personer som skrev det förr meddelandet, sa Sten. Jag har det här. Sten vecklade upp en skrynklig papperslapp. Så här stod det i den:

Jag vill att ni inför följande i er tidning på tisdag: "Nu hoppas vi att ni är skakade och rädda. Två av er är redan döda."

– Det verkar vara samma som ligger bakom dagens meddelande, och eftersom Nynäsposten inte publicerade den första så kan ingen utomstående knäppgök känna till den, sa Maria. Nu måste vi informera SÄPO direkt. Gör du det?

– Självklart, men vi måste även vidtaga en del åtgärder nu direkt. Låt oss lista av som måste göras omedelbart. Har du tid så gör du och jag det här och nu? frågade Sten.

– Jag tar den tid det behövs, svarade Maria, inte ens statsministern själv får störa, well, nästan i alla fall.

– Bra, jag har redan två punkter. Först ha dygnet-runt-patrullering i Nynäshamn, med inriktning på kvällar och nätter i anslutning till vägar, cykelvägar och gångstråk längs vattnet. Det andra är att reda ut vilka som är hotade och sätta bevakning på dem. Vad mer?

– Nynäsposten, vi måste bevaka den så att ingen tuttar på eller gör annan skadegörelse. Och hur gör vi med en eventuell publicering? Jag vill att vi planerar för en publicering på fredag. Varför just på fredag, förresten, vad kan ligga bakom det valet av dag? undrade Maria.

– Det är enkelt, Nynäsposten kommer bara ut på tisdagar och på fredagar, nästa utgåva är alltså på fredag. Det är bara en liten lokaltidning som nu hamnat i hetluften, förklarade Sten. Och jag håller med dig, vi publicerar på fredag om inget annat inträffat som ändrar det beslutet. Jag meddelar Rislund på tidningen detta och att de absolut inte får gå ut med detta innan dess.

– Då beslutar vi så. Kallar du ihop ett extramöte med ditt team och med hon den där kvinnan från SÄPO nu direkt?

– Jag skall försöka få ihop dem. Håkan är nog i Nynäs för att få tag i tre tjejer som liknar fantombilden. Mats och Linda håller på att få in en lokal langare från Nynäs till förhör som måste hållas snarast. Patricia är förhoppningsvis kvar i huset och Kerstin fån SÄPO brukar vara snabb. Kan vi använda ditt mötesrum?

– Visst, jag vill också var med.

Sten fick ut en alldeles unik order om att bevaka Nynäsposten och om patrullering längs vattnet i Nynäshamn. Ledningen för distriktet i Stockholm södra protesterade högljutt, men med Marias hjälp fick de alla resurser han begärde.

Rislund skulle göra som Sten begärde och var samtidigt tacksam för att Polisen inte skulle gå ut med meddelandet i förväg. Nynäsposten skulle få ensamrätt till detta scoop om inget allvarligt ändrade på detta.

Sten lyckades få ihop Mats, Linda, Patricia och Kerstin till mötet. Håkan blev kvar i Nynäs för att prata med de tjejer han kunde få tag i.

Det var redan sent och han ville även få tid att förhöra Krille Öholm som satt i ett förhörsrum och svettades.

De samlades i Marias mötesrum, där hon på kort varsel lyckats få fram kaffe med var sin kanelbulle. Det var Maria som fick dra den senaste utvecklingen med meddelandet till Nynäsposten. Hon sammanfattade också de åtgärder som de dragit igång med anledningen av de grova hot som framförts.

– Vad vi snabbt måste försöka få klarhet i är vilka det är som den eller de som skrivit meddelande hotar. Vad säger du Kerstln, har ni fått fram någon specifik hotbild mot någon gruppering i Nynäshamn? undrade Maria.

– Nej, sa Kerstin. Vi hittar ingen sådan grupp, inte heller någon radikal eller extrem grupp eller person som är kapable beredd att utföra dessa dåd. Vi är nu av den bestämda åsikten att detta rör sig om en, maximalt två personer som av personliga skäl har en egen vendetta. Troligen en ensam gärningsman som är störd men inte mer än att personen fungerar i det dagliga livet. Det är den gärningsmannaprofil som våra psykologer kommit fram till. Vi skall givetvis också analysera det senaste meddelandet och lägga det till den tidigare bedömningen.

– Det är bråttom men jag tror att vi har några dar på oss att hitta den skyldige, sa Mats

– Vad grundar du det på? undrade Sten.

– Jo, ordalydelsen i meddelandet till Nynäsposten tyder på att inget ytterligare mord kommer att ske före en publicering på fredag, i så fall skulle ju inte texten stämma överens med verkligheten. Vi har alltså tills på fredag på oss att hitta den eller de som ligger bakom allt detta.

– Bra analys, jag håller med dig Mats, men det betyder inte att vi kan ta det lugnt. Tvärtom betyder det att vi måste använda alla tillgängliga resurser och arbeta dygnet runt de kommande dagarna för att förhindra ytterligare ett mord och gripa den eller de skyldiga, sa Maria.

Visst, tänkte Sten, med vi menar hon alla oss utom henne själv. Och vem skulle inte göra det i hennes position, har jobbat sig upp och gjort detta hundjobb många gånger förut.

– Så, vad är det för grupp av personer eller typ av personer som hotas? fortsatte Sten.

– Den enda koppling vi hittat mellan Sjöholm och Nilsson är att de är lika gamla och gått på samma skola, sa Håkan som

184

nu var med per telefon från Nynäshamn. Fast de har inte umgåtts som nära kompisar. Den enda likheten är att de inte varit så trevliga mot en del skolkompisar, om man nu kan kalla dem kompisar. De var alltså mobbare, det är den enda kopplingen dem emellan jag kan se.

– Det ligger något i vad du säger, sa Sten. För att inte förlora tid måste vi kartlägga vilka fler som var mobbare och uppmana dem att vara mycket försiktiga den närmsta tiden. Vi måste samtidigt få tag i dem som var utsatta för mobbning i samma årskull som Axel och Magnus, plus minus ett år. Det får bli högst prioritet för oss, Håkan, Linda, Mats och jag i morgon. Jag föreslår att vi börjar med Tord Bylund och Katrine Larsson, som visst också var mobbad, de kan säkert hjälpa oss att lista både mobbare och mobbade. Håkan, har du hittat de tre tjejerna, speciellt då Katrine Larsson?

– Jag har lokaliserat Katrine, hon finns kvar i Nynäs och är hemma, henne kan jag träffa i morgon. Tuva Axelsson finns också kvar i Nynäs, men henne har jag inte fått tag i än. Linda Lövhage har flyttat från Nynäshamn men jag hittar henne inte i bokföringsregistret. Fast hon var tydligen den populära och snälla tjejen, så jag koncentrerar mig först på Katrine och Tuva.

– Bra, men glöm inte att Katrine också tillhör en av de misstänktas grupp när du talar med henne.

– Jag kan ta Tord direkt i morgon, sen få vi alla hjälpa till att tala med de nya namn som kommer fram, sa Sten. Nu skall jag gå och höra Krille, den lokala langaren, och, Mats, du kommer med och står utanför och lyssnar.

Krille var nervös och förbannad men troligen också lättad över att Sten äntligen tog sig tid att förhöra honom.

– Va fan är det här, är jag värsta buset kanske. Du har ingen rätt att hålla mig inspärrad på det här sättet!

– Det har jag visst det, två mord har begåtts i Nynäs och du kan mycket väl vara inblandad, började Sten förhöret med.

– Vadå, jag vet ingenting om nåra mord, blanda inte in mig i det.

– Vad vet du om Calmoin, vem har köpt det på den senaste tiden?

– Det vet jag ingenting om, sa Krille. Calmoin köper man väl på apoteket.

– Om man har recept ja, men utan recept, är det till dig man går då?

– Nä, nä, det har jag ingenting med att göra.

– Lyssna jävligt noga nu, det här är en mordutredning så om du inte hjälper till så syr jag in dig för narkotikabrott, försvårande av mordutredning, eller varför inte medhjälp till mord. Har du sålt Calmoin den senaste tiden och till vem eller vilka, någon ny kund kanske?

Krille mjuknade upp betydligt och berättade att han sålt Calmoin vid några tillfällen. Han hade ett par stamkunder som drygade ut sitt vanliga missbruk med detta. Men sen hade han, för en månad sen ungefär, sålt en ganska stor laddning till en kvinna. Hon var kanske 30, 35 år och såg ganska fräsch ut, inte som någon av de vanliga missbrukarna.

När Sten visade upp fantombilderna liknade den blonda Krilles kund. Av de tre flickorna på skolfotona var de också lika, det kunde vara vem som helst av dem.

– Hur stor mängd var det? undrade Sten.

– Ganska mycket, tillräckligt för en fem-sex doser, men det kommer jag aldrig att erkänna.

– Och till hur många överdoser räcker det, för en som aldrig tidigare använt Calmoin?

– Oj, en normal Svensson kan nog överdosera tre till fyra gånger på det. Men vem gör något sådant, ingen normalt funtad pundare i alla fall.

– Du har hjälpt mig en hel del nu. Om du lovar att kontakta mig direkt om kvinnan skulle återkomma så kan jag faktiskt bjuda dig på skjuts tillbaka till Nynäs om du vill.

– Nä tack, nu när jag äntligen fått skjuts in till stan så stannar jag kvar, jag har inte bråttom tillbaka. Får jag gå nu? undrade Krille.

– Du är fri att gå, men glöm inte att ringa om du ser eller hör något om den där kvinnan.

När väl Sten kom hem var det sent och han var trött och irriterad, irriterad på grund av trötthet och av att blodsockernivån var katastrofalt låg. Han hade inte ätit något sedan lunch och det brukat sätta sina spår på hans humör.

Lite gladare blev han i alla fall när han upptäckte att Malin och Artur var där och satt i soffan framför tv:n.

– Hej pappa, nu jobbar du för mycket igen! Vi tröttnade på tält och tråkig mat så vi kom tillbaka redan i kväll och tänkte våldgästa dig i natt. Hoppas det går bra, sa Malin och log på det sätt som hon visste att Sten inte kunde motstå.

– Visst, det är alltid kul när ni hälsar på, svarade han, fast det faktiskt var första gången som Artur skulle sova över hos honom. Men vad är det för skräp ni tittar på?

– Det är ett reportage om Prins Oscars dop i maj, svarade Malin. Jag missade dopet, eftersom jag var på Mallis då, kommer du väl ihåg. Och det är kul att se på fast jag vet vad du tycker, att det är slöseri med dina och våra pengar.

– Ja men, sa Sten, hur har det kunnat gå så illa att vår "public service"-kanal har blivit den största och bästa marknadsföringsplatsen för Sveriges dyraste socialbidragstagare? Lägg ner fjäskandet eller granska i alla fall grundligt vad våra skattepengar går till och till vilken nytta vi subventionerar en av Sveriges rikaste familjer. Men strunt i det nu, jag är tillräckligt irriterad i alla fall. Finns det något för mig att äta i kylskåpet eller har ni ätit upp allt?

– Vi trodde att du redan käkat så vi tog för oss, det är helt tomt, sa Artur.

– Va fan, och jag som inte ätit på hela dan! sa Sten.

– Skojade, vi tog bara ett par mackor, du kan säkert hitta något ätbart.

188

Sten gjorde det som gick fortast, gårdagens, eller var det söndagens pytt som han värmde i mikron. Till det ett glas mjölk, sen satte han sig på sängkanten och önskade att han redan låg ner.

Kapitel 28

Onsdagen den 12 juli

För en gång skull var Malin uppe tidigt och hade redan dukat upp till frukost på altanen. Eller var det kanske Artur som var den som fått upp henne. I alla fall fanns där kaffe, apelsinjuice, marmelad och till och med nybakat bröd.

Vilken lyx, tänkte Sten, och slog sig ner i sin favoritstol. Tussan var givetvis också där. Förutom att hon tyckte om Sten så var nog Malin hennes älsklingsgranne, och nu luktade det också nybakat bröd och säg den hund som kan motstå det.

– Morning farsan! Tyckte att du behövde lite uppmuntran så här innan du måste rusa iväg till jobbet.

– Fantastiskt, och nybakat bröd till råga på allt, vilken fest!

– Det är Arturs förtjänst, han gick upp väldigt tidigt och bakade, sa Malin.

– Jo, jag gillar att vara uppe tidigt, innan alla andra, för då kan jag fixa i lugn och ro, sa Artur.

Det blev ändå en snabb frukost, Sten kände pressen att snabbt vara på plats. Det var ju ändå hans mordutredning och de hade ett par kritiska dagar framför sig.

– Jag sticker nu och blir nog sen i kväll, men ni får gärna stanna kvar så att jag får nybakat bröd i morgon också, sa han.

– Vi har inte bestämt oss ännu, sa Artur, men om vi är kvar lovar jag att du skall få färskt bröd också i morgon.

Bilen rullade nästan av sig själv ner för backen och hela vägen fram till polisstationen. Sten satt kvar en stund i bilen innan han gick in för att gå igenom och bestämma sig för vad som måste göras direkt och vad som kunde vänta några timmar. Han bestämde sig för att höra så många mobbningsoffer som möjligt. Han skulle starta hos Tord medan Håkan måste höra Katrine Larsson.

Mats får åka med Håkan och Linda följer med mig till Tord.

Därefter måste de dela upp sig och höra så många som möjligt i de båda lägren, mobbade och mobbare.

Alla i hans team, plus ett antal ordningspoliser, var inne på stationen när Sten klev in. De hade just blivit avlösta av ett nytt gäng som skulle bevaka Nynäsposten och stränderna runt om Nynäs. Det fanns inget att rapportera från natten, förutom några ungdomar som hade använt Ringvägen som fartsträcka på Monte Carlo-rallyt. De hade varit väldigt snopna att träffa på polisen på Ringvägen mitt i natten, det hade nog aldrig hänt förut. Föraren hade fått sitt körkort indraget på plats.

Teamet var med på Sten upplägg så de drog snabbt iväg åt sina respektive håll. Efter tjugo minuter var han och Linda ute hos Tord. Inte ett liv syntes till, men Tords bil var parkerad utanför huset och Maddes rullstol stod vid entrén. De drog slutsatsen att ägarna nog var hemma och knackade på dörren.

Det dröjde ett bra tag innan en nyvaken Tord tittade ut från sovrumsfönstret på andra våningen.

– Vad i helvete, är ni nu här igen, du lovade ju att inte störa oss något mer!

191

– Men nu är vi inte här för att förhöra dig, nu behöver vi din hjälp att förhindra ytterligare ett eller flera mord, ropade Sten upp till det rufsiga huvudet sovrumsfönstret.

Fönstret stängdes och snart kom Tord ner i shorts och t-shirt. De satte sig i morgonsolen på baksidan av huset.

– Okej, om det är så allvarligt kan jag väl hjälpa er, men på ett villkor. Att ni sedan berättar för våra grannar där borta att jag inte är har gjort något bus och inte är misstänkt för något. Vi hade en bra relation men nu har de börjat undvika oss. De hälsar inte och kör omvägar förbi oss när vi är ute och går.

– Om du hjälper oss nu så ska jag prata med dem, lovade Sten.

Han förklarade läget för Tord och att de behövde komma i kontakt med så många som möjligt av mobbarna och de mobbade.

– Så många namn som möjligt, sa Linda och tog fram en anteckningsbok ur bröstfickan.

Tord kom upp med tre namn på besvärliga mobbare och fem namn på mobbade elever, varav ett var Katrine Larsson.

– Vaereom? ropade Madde från altandörren. Är det snuten som trackar dig nu igen!

– De e lugnt, de är här för att få hjälp den här gången, svarade Tord, du kan väl sätta på lite fika åt mig.

Sten och Linda tackade för sig och tog bilen den korta biten till grannen.

När de parkerade utanför grinden kom frun i huset fram till dem och undrade vad det nu var som hennes unga grannar hade hittat på.

– Vi litar inte på dem, han har ju suttit i fängelse och ni från polisen har ju varit här flera gånger den senaste tiden. Man börjar ju bli orolig, kanske måste vi sälja vårt älskade sommarhus, sa kvinnan.

Men Sten lugnade henne och berättade att de just fått ovärderlig hjälp av Tord och att han var en reko kille.

– Nu är han skötsam och den brottsliga banan har han övergett, sa Sten. Ni behöver absolut inte flytta härifrån på grund av dem.

När de åkte iväg såg han i backspegeln att Tord vinkade som tack.

På stationen satte de sig tillsammans med Håkan och Mats och jämförde resultaten. De hade med sig en lista på fyra mobbade och fyra mobbare, varav Tord var en av de mobbade och Sjöholm och Nilsson var två av mobbarna.

Alltså hade de nu en total lista på sex mobbade, plus Tord och Katrine, samt fem mobbare, förutom de som redan var mördare. De fem mobbarna måste omedelbart informeras om att de kunde vara i fara. Mats och Linda fick det uppdraget. Håkan och Sten skulle i stället koncentrera sig på de som varit mobbade, sex stycken att undersöka och förhöra på en dag.

– Katrine hade varit trakasserad av både Magnus Sjöholm och Axel Nilsson, berättade Håkan. Men hon verkade inte ha något hat emot dem. Hon levde ett normalt ordnat familjeliv med man och två barn. Hela familjen hade varit ute och seglat tre veckor på sin semester och kom tillbaka till Nynäshamn i går. Plottern i båten kunde visa på att de varit norrut ända upp till Möja och tillbaka. Vi kan avfärda henne från de misstänktas gäng. Linda backade den beskrivningen av Katrine till fullo.

Håkan satte sig vid datorn och tog fram all tänkbar information om de sex personer som varit utsatta för mobbing. Mats gjorde samma sak med mobbarna.

Av de trakasserade var en redan avliden, en satt i fängelse och en tredje hade flyttat så långt bort som till Australien och var av allt att döma kvar där. Återstod tre att förhöra. Två bodde kvar i Nynäshamn och den tredje hade flyttat till Åkersberga.

Håkan fick fram telefonnumret till den personen och medan han fortsatte grävandet i sin dator ringde Sten upp Åkersberga. Av de två i Nynäs var en kommunalpolitiker och den andra arbetade som servitör på en restaurang i hamnen.

Personen i Åkersberga svarade men verkade inte vara helt alert, antingen berusad eller förvirrad, så Sten fick inget vettigt ut av det samtalet. Därför kontaktade han en kollega, i norra Stockholm, som lovade att åka dit för ett första förhör. Sten och Håkan kunde på så sätt koncentrera sig på de två återstående.

Sten kände väl till kommunalpolitikern, Andreas Stark, även om han inte kände honom personligen.

Han har väl inget större rykte om sig att vara en handlingens man, men vem på kommun har väl det, tänkte Sten när han ringde upp för att boka ett möte.

Servitören hette Monica Stenström, och arbetade på restaurang Metspöt. Henne väckte de eftersom hon arbetat sent kvällen före. Ingen av de tre hade något kriminellt förflutet, förutom att Andreas Stark var skyldig kronofogden 374 000 kronor från en gammal konkurs.

Monica Stenström hade åkt dit för olovlig körning vid tre tillfällen de senaste åren. Kvinnan som flyttat till Åkersberga hade blivit fälld för misshandel utanför en av hamnrestaurangerna för tio år sedan. Det hade varit ett fyllebråk som spårade ur.

Linda hade under tiden sprungit över gatan och köpt några kanelbullar. De nybakade bullarna spred en så förförisk doft på stationen att alla tog varsin kopp kaffe och sen kastade sig över bakverken innan de begav sig ut på mördarjakt.

Kapitel 29

Andreas Stark befann sig på Nynäshems kontor, där han var styrelsemedlem. Det låg givetvis i kommunhuset. Han var lite tunnhårig och rund och såg helt enkelt inte ut som om han trivdes med livet.

Kanske är det den lokala politiken som tär på honom eller så kan det sitta kvar en känsla av att vara utanför från skoltiden, tänkte Sten. Det kan inte vara så stimulerande att vara kommunpolitiker, de tar inga beslut eftersom de är livrädda att göra fel. För chefer i näringslivet gäller det i stället att ta snabba beslut även om de ibland kan vara felaktiga, tänkte Sten. Och vi på polisen, var hamnar vi på den skalan? Klämda någonstans i mitten, vi måste ofta agera snabbt men vi får inte heller göra några fel, inte undra på att vi känner oss både stressade och pressade, fortsatte Sten i sitt filosoferande.

– Hej Andreas, vi kommer från polisen och utreder de två dödsfallen som inträffat här i Nynäshamn den senaste tiden. Det här är Håkan Krok från närpolisen och jag heter Sten Strand och kommer från kriminalen. Vi misstänker starkt att det rör sig om mord i bägge fallen.

– Jag har förstått det, men vad har jag med det att göra? undrade Andreas. Har någon av dem anknytning till kommunen?

– Nej, det är inte därför vi är här. Du är helt enkelt lika gammal som de avlidna och gick i samma klass eller parallellklass med dem. Kan du berätta hur mycket du kommer ihåg av dem, Magnus Sjöholm och Axel Nilsson?

– Jag skulle överdriva om jag sa att vi var kompisar, sa Andreas. De var stöddiga och stökiga bägge två. Magnus var till och med en otrevlig retsticka som ofta gav sig på mig på rasterna.

Både Sten och Håkan noterade att han blev röd i ansiktet och att svetten började komma i pannan när han berättade om sina skolminnen.

– Har de fortsatt att trakassera dig i vuxen ålder? undrade Håkan.

– Inte direkt, men ränderna sitter väl i. Jag ansökte om att gå med i DOLI men det var någon som opponerade sig mot det, jag tror det var Axel men är inte säker, så den glädjen blev jag snuvad på. Nu kanske jag kan ansöka om medlemskap igen, sa Andreas och försökte sig på ett fånigt leende.

– Så du är fortfarande förbannad på dem?

– Ja, det släpper nog aldrig. På ett sätt är det bra att sådana plågoandar får sitt straff, även om mord är att ta i.

– Kommer du ihåg några andra som också blev mobbade? undrade Sten. Vi vill komma i kontakt med alla som har haft något att göra med dessa två personer.

Andreas kunde nämna tre som hade varit utsatta för mobbning, men de fanns redan med på listan.

– Äger du förresten en blå Peugeot 206?

– Nä, jag har ingen bil. Jag cyklar. Min sambo har en Toyota.

– Okej, jag skulle vilja att du redogör för var du var den 24–25 juni då Magnus dog, och den 9–10 juli då Axel dog, och sen skulle vi vilja följa med dig hem och titta i ditt garage.

– Varför det, sa Andreas och han svettades nu en hel del. Men kanske berodde det på att det var väldigt varmt på kontoret, även Stens skjorta klibbade fast av svett. Är jag misstänkt för något?

– Du är inte mer misstänkt än någon annan, men om du hjälper oss så kan vi förhoppningsvis avfärda dig från vår lista, svarade Håkan på ett sätt som gärna kunde tolkas som om de verkligen misstänkte Andreas.

Det var lätt att bli lite irriterad på Andreas, det gällde att inte låta omdömet påverkas av det, tänkte Sten.

– Enligt min kalender så var jag hemma den första helgen, sa Andreas, men den andra var jag i Ullared och shoppade loss. Det var jag och min sambo, hon kan intyga det, vi bodde också en natt på hotell. Jag tror det hette "Kundvagnens Inn" och låg precis vid den stora parkeringsplatsen. Det borde gå att få konfirmerat.

– Det skall vi kolla upp, men den första helgen, Midsommarafton, vad gjorde du då?

– Vi bara var hemma och grillade och drack för mycket rödvin.

– Och vem kan styrka det?

– Ingen mer än min sambo och kanske någon granne som sett oss eller retat upp sig på grilloset. Ni kan höra med Petterssons på andra sidan vägen, dom är känsliga för sånt.

De tog sen med sig Andreas och åkte hem till hans gula trähus inte långt från ålderdomshemmet, nära centrala Nynäs. Sambon var inte hemma, men det var däremot Petterssons som inte kunde komma ihåg någon grillning, eftersom de varit bortresta på semester den senaste tiden.

Det fanns ingen blå Peugeot i garaget, inte heller någon röd, ifall den hade återbördats till originalfärgen.

När Sten fortsatte att prata med Andreas undersökte Håkan hans alibi. Han fick tag i sambon som kunde bekräfta att de varit hemma den 24–25 juni, men hon kunde inte minnas i detalj vad de gjort och om Andreas varit hemma i huset hela tiden. Hotellet i Ullared kunde inte hitta någon Andreas Stark eller hans sambo, Pia Granholm, den 9–10 juli. De hade dock haft en del gäster som betalat kontant och de förde ingen liggare på sina gäster, vilket de borde och rent av måste göra.

Håkan konfronterade Andreas med dessa uppgifter och ifrågasatte om de verkligen varit i Ullared den helgen.

– Självklart var vi där, vi tankade på vägen och åt lunch mellan Norrköping och Linköping.

– Bra, då borde det gå att se det på era kontoutdrag, sa Sten.

Det syntes att Andreas kände sig obekväm i situationen. Han hävdade att de hade betalat kontant.

199

– Betalade ni allt på den resan kontant? undrade Håkan.

– Jo, det stämmer nog.

– Varför det, vem betalar allt på en shoppingresa kontant i dag? Beror det på din skatteskuld hos kronofogden?

– Nää, bedyrade Andreas, vi använde bara pengarna som Pia fick i 30-årspresent.

– Och kvitton, var har ni dem?

– Dem har ni nog slängt, inget av det vi köpte var speciellt dyrt och vi hade inte tänkt åka hela vägen tillbaka om det var något vi ville byta eller lämna tillbaka.

Andreas var klart bekymrad.

Sten hade sett en enkel skrivare i arbetsrummet och bad nu att få ett utskriftsprov. Med det i handen tackade de för sig och satte sig i bilen för att åka till nästa utfrågning.

– Han uppträder helt klart misstänkt, men jag tror att det rör sig om svarta pengar snarare än om dubbelmord. Vi kan nog be Kerstin på Säpo att kolla upp det. Sen vill jag att Patricia tar DNA och fingeravtryck av alla tre, Andreas, Monica och hon i Åkersberga. Vad heter hon förresten, har hon något namn? undrade Sten.

– Elisabeth Trehörning, hon heter Elisabeth Trehörning.

– Jo då, jag känner till hennes föräldrar, de bor i ett stort hus på Trehörningen. Taget namn alltså. Mamman arbetar på det enda kundvänliga bankkontoret i Nynäshamn. Hon är min personliga bankkontakt. Pappan arbetar i Stockholm någonstans, jag vet inte med vad. Nu när jag rattar bilen kan

du väl ringa till Kerstin och Patricia och be dem att ställa upp.
Men först, vad är det för adress till Monica, bad Sten.

Kapitel 30

Monica bodde ensam i en lägenhet efter Centralgatan, inte långt från torget med Systembolaget och Konsum, just där Nynäshamns lilla centrum började. Fortsätter man gatan fram kommer man till en brant backe som leder ner till hamnen. Så hon hade inte speciellt långt att gå för att komma till arbetet på restaurangen.

Innan de gick in, ringde kollegan från Åkersberga och meddelade att de inte fick tag i Elisabeth Trehörning, men att de fortsatte att söka.

Hon kanske är här i Nynäs, tänkte Sten, det måste jag kolla upp.

Monica hade inte gjort sig i ordning, hon såg ordentligt bakis ut tyckte både Håkan och Sten.

– Hej Monica, vi kommer från polisen och undersöker de två drunkningsolyckorna som inträffat här i Nynäshamn den senaste tiden. Vi misstänker att det rör sig om mord, så nu vill vi prata med personer med kännedom om de avlidna, Magnus Sjöholm och Axel Nilsson. Är det okej om vi kommer in och ställer några frågor?

– Visst, kom in bara. Ursäkta röran, men vi hade en liten efterfest här i går kväll och det blev ganska sent, svarade Monica.

Monica medgav att hon kände både Axel och Magnus men inte på något trevligt sätt. De och några till hade förstört hennes skoltid Därför satt hon nu här utan någon ordentlig utbildning, hon som hade drömt om att blir läkare eller i alla fall sjuksköterska. Hon var uppriktigt glad åt att de äntligen fått sina straff.

– Fler av deras sort borde få känna på hur det är att vara rädd och utsatt, hoppas att de alla nu är rädda, sa Monica.

När Håkan undrade vilka fler som borde vara rädda gav hon dem tre namn, varav ett var nytt för dem. Håkan ringde direkt till Mats som fick en till mobbare att varna.

– Har du mördat de två männen? frågade Sten rakt ut eftersom han såg likheterna mellan Monicas resonemang och meddelandena till Nynäsposten.

– Åh nej, hur kan ni tro något sådant, sa hon och började storgråta med händerna för ansiktet. Jag har aldrig gjort en fluga förnär, jag värnar om allt levande, även om de fått vad de förtjänar.

Håkan bad om att få se sig omkring i den lilla lägenheten medan Sten förhörde sig om Monicas alibi för de två helgerna.

Hon hade arbetat bägge helgerna, det är alltid mycket jobb på sommaren, ledigt får hon ta på vinterhalvåret. Restaurangen stängde klockan 24.00, men personalen var inte därifrån förrän tidigast vid tvåtiden. Ofta brukade de sitta kvar och ta en bit överbliven mat, lite vin och prata skit ett par timmar till.

Men hur hon gjorde just de kvällarna kom hon inte ihåg. Arbetsgivaren kunde i alla fall intyga vilka kvällar hon arbetat, hon jobbade inte svart var hon noga med att påpeka.

– Kan du starta datorn så att jag kan få ett utskriftsprov, tack? ropade Håkan från sovrummet.

Monica svepte morgonrocken om sig och gick för att hjälpa Håkan med utskriften.

Då passade Sten på att gå på toaletten och titta i skåpen. Där fanns ingen starkare medicin än Alvedon och Treo och några allergimediciner.

När de var klara nämnde Sten att Patricia snart skulle komma förbi och ta fingeravtryck och salivprov för DNA-analys och bad henne stanna hemma några timmar till.

– Inga problem, sa Monica, jag lägger mig och vilar igen om jag nu kan. Ni har gjort mig väldigt upprörd. Ni kan väl inte tro att jag av alla människor är kapabel att ta livet av två personer. Även om jag hatar dem för vad de gjort.

De åkte den korta biten ner till polisstationen, Håkan gick in för att se om Mats och Linda var tillbaka. Han ville gå igenom med dem för att se om det var några trådar de glömt att följa upp.

Sten gick till banken för att tala med Elisabeth Trehörnings mamma.

Hon var där och kunde upplysa om att hennes dotter visst varit hemma hos dem, fast nu hade hon och en bekant lånat deras segelbåt för några dagar. De skulle segla norrut, långt ute i ytterskärgården, så det var väl därför som de inte lyckats nå henne på mobilen. Hon skulle be dottern att höra av sig till Sten så fort de fick kontakt.

– Dessutom har vi nu en ny mycket lovande aktiesparfond med inriktning på Ryssland. Den kommer att stiga ordentligt när väl oljepriset går upp, sa fru Trehörning. Den rekommenderar jag starkt om du kan avvara lite pengar i några år.

– Tack för tipset, men de extrapengarna tänker jag ha lite roligare för, svarade Sten.

Han tänkte så klart lägga dem på en båt i stället. De skulle ju inte stiga på det sättet, men inte heller sjunka så mycket. Och det viktigaste, pengarna skulle användas till något av det som han värdesatte allra mest i stället för att vara bundna i något så tråkigt som aktier.

Linda, Mats och Håkan var tillsammans vid mötesrummet när Sten kom tillbaka till stationen.

På tavlan hade de listat upp en del punkter.

– Vi försöker fånga upp utestående uppgifter som inte är avslutade, förklarade Linda. Det här är vad vi kommit på. William Stone som lånade bilen, vart har han tagit vägen? Var är bilnycklarna? Har han sett fantombilden? Känner han igen någon av de tre tjejerna från skolfotot? Sjöholms föräldrar, har de äntligen tittat igenom de gamla skolfotona från Magnus? Liknar någon av flickorna kvinnan på de tecknade porträtten? Linda Lövhage, en av flickorna som liknar porträttet, bör vi inte höra henne, även om hon var populär och inte mobbad? Claes Broberg, bilägaren. Samma fråga igen, var är bilnyckeln?

– Bra, vi måste beta av den listan snarast, sa Sten. Jag vill också lägga till att Patricia kommer att ta prover från de tre personerna som mobbades och att Kerstin från Säpo skall titta närmare på Andreas Starks förehavanden. Vi har även utskriftsprover från Andreas Stark och Monica Stenström för Patricia att jämföra med lapparna till Nynäsposten. Och vi får inte heller glömma bort Tuva Axelman, en av flickorna från skolfotot som liknar teckningen som Alina gjort. Nu bestämmer vi vem som gör vad innan vi går och käkar lunch, det är redan sent och jag är väldigt hungrig.

– Jag föreslår att vi beställer in lunchen så att vi inte tappar tid, sa Mats. Jag kan ringa och beställa pizzor. Är det okej?

– Visst och då får Maria ta notan eftersom det blir en arbetslunch. Jag tar en quattro, sa Håkan med en nöjd min.

De beställde sina pizzor och fördelade arbetsuppgifterna.

Håkan skulle försöka få tag i Linda Lövhage och Tuva Axelsson. Mats skulle kontakta Sjöholms föräldrar och om nödvändigt be Västeråspolisen att hämta foton hos dem. Linda skulle koncentrera sig på William Stone och Sten skulle höra Claes Broberg igen. Linda fick också uppgiften att vara i kontakt med och vid behov hjälpa Patricia.

De var alla överens om att de hade alltför många lösa trådar och alltför kort tid på sig. Det var redan onsdag eftermiddag, bara ett och ett halvt dygn kvar till fredag morgon. Det fick bara inte ske ett mord till, det skulle var ett stort misslyckande.

Sten kände pressen, det skulle bli en plump i karriären. Han kände ingen oro för sig själv, han var tillräckligt gammal för att inte ha några karriärsambitioner längre. Men för de övriga som var yngre, speciellt Linda och Mats och kanske även Håkan som har större delen av sin yrkeskarriär framför sig, skulle ett lyckat utfall ge dem en positiv knuff framåt och kanske även uppåt.

Pizzorna smakade bra, eller i alla fall inte sämre än förväntat. Sten betalade och skulle skicka notan vidare till Maria. Det var i alla fall hans föresats, men han brukade ofta glömma bort att kräva pengar av polismyndigheten. Eller också hittade han inte kvittot. På så sätt hade Sten besparat skattebetalarna en hel del utgifter för dålig snabbmat till stressade poliser genom åren.

Vem tackar mig för det, tänkte Sten, och tog den sista trekanten pizza ur kartongen.

De beslutade sig för att återsamlas på samma ställe i kväll, efter att de alla slutfört sina uppgifter.

Kapitel 31

Sten ringde upp Claes Broberg som trodde att de hittat hans bil. Efter en stunds besvikelse gick han med på att träffas igen hemma hos honom lite senare på eftermiddagen.

När han lagt på vibrerade telefonen och det var Elisabeth Trehörning som ringde från utsidan av Runmarö. Eftersom hon inte skulle vara tillbaka till Nynäs förrän tidigast på fredag frågade Sten ut henne direkt. Hon visste också vilka de avlidna personerna var men kände inget större agg mot dem eller några andra mobbare i dag. Hon hade gått vidare, hade arbetat som modell, men nu var hon mer och mer bakom kameran i stället. Att hon blev mobbad för sitt utseende hade vänts till något positivt. Elisabeth hade just kommit tillbaka från ett fotouppdrag i New York, där hon varit de senaste tre veckorna. Hon lovade att se till att hennes agent skulle mejla över kopior på flygbiljetter och hotellrumsnotan som bevis. Det godtog Sten och gav henne sin mejladress.

Ännu ett spår som inte ledde någon vart, tänkte Sten. När skall vi hitta rätt?

Det var dags att åka till Västertorp men först en sväng ner till restaurang "Metspöt" för att konfirmera Monica Stenströms berättelse. Restaurangen hade inte öppnat ännu, så han gick runt på baksidan och tog sig in via köket. Där var det full aktivitet med att packa upp råvarorna inför kvällen. Stora saftiga köttbitar, fisk i islådor och mängder med grönsaker. Det såg ut som om kvällens gäster skulle bli serverade utomordentligt fräsch mat.

Hit skall jag gå och äta en brakmiddag när vi väl löst mordutredningen, sa Sten till sig själv.

Ägaren var inte där, men väl restaurangchefen som var stolt över att kunna visa vilken bra ordning de hade på hur personalen arbetade. Det var numera ett myndighetskrav för att minimera svartjobb i restaurangbranschen och "Metspöt" var noga att uppfylla dessa krav.

– Det är bra att detta krav tillkommit, på så sätt kan konkurrensen från oseriösa krögare minskas. Men jag skulle vilja se effektivare kontroll och uppföljning från er sida, sa restaurangchefen.

– Nu är det ju inte polisens sak att kontrollera detta, det är skattemyndighetens uppgift, svarade Sten. Men om misstanke om brottslighet framkommer så utreder vi gärna.

Enligt tjänstgöringslistorna hade verkligen Monica arbetat de aktuella kvällarna. Restaurangchefen kunde också konfirmera att Monica och några fler ur restaurangpersonalen gärna stannade kvar en stund efter stängningsdags.

– Ibland blir det lite för mycket firande, lite för ofta faktiskt, sa han. Och Monica är en av dem som alltid är kvar till sist.

Med det lät sig Sten nöja sig. Han misstänkte inte längre Monica, men fingeravtryck och DNA fick definitivt avgöra om de skulle avfärda henne från de misstänkta eller inte.

Innan han satte sig i bilen gick han ut på den 700 meter långa piren, för att rensa skallen, genom att titta på de stora båtarna som låg förtöjda längs med bryggan. Det var enorma segelbåtar och en och annan motorbåt som mer liknade kryssningsfartyg i miniatyr, privata lustjakter kunde man nog kalla dem.

En del mindre båtar var det ju också, fast de som såg små ut i det här sällskapet, skulle se väldigt stora ut i småbåtshamnen där Sten hade sin båt.

– Hej, är det inte Sten Strand, ropade en vagt bekant man från en av de mindre motorbåtarna. Thomas Lundskog här, Marias man, kom ombord och ta en fika vet jag.

Nu kände Sten igen mannen, de hade träffats på någon personalfest med respektive någon gång.

– Jag har inte tid, vi håller ju på med en besvärlig utredning som du kanske känner till.

– Jo det gör jag, sa skepparen, men Maria är här, kom ombord en liten stund i alla fall.

Maria dök upp ur kajutan och vinkade in Sten, så det fanns inte så mycket annat att göra än att kliva ombord.

– Vad gör du här? frågade Sten förvånat. Han kände sig sviken av sin chef mitt i den besvärliga mordutredningen.

Det verkade som om Maria kände det på sig, eller också hade även hon ett samvete.

– Vi hade planerat vår båtsemester till just denna vecka, det är enda veckan som vår son Åke kan vara hemma i Sverige i sommar. Då tänkte jag att varför inte bege oss till

210

Nynäshamn så att jag kan vara ännu närmare utredningens centrum, sa Maria.

Jo, jo, det lät ju bra, tänkte Sten och kände sig som ett barn som blivit bedraget på sitt lördagsgodis. Men jag är ju själv ute och spatserar på bryggan, samtidigt som vi har som mest att göra. Så vad tänker Maria egentligen om mig och min arbetsmoral?

– Toppen Maria, vi har samling på stationen i kväll, då räknar jag med att du är med, sa Sten. Men nu måste jag dra vidare, skall höra bilägaren en gång till, sa Sten och försvann så snabbt han kunde från den pinsamma situationen.

På en av bänkarna längs piren satt en man och iakttog Sten och Maria. Det var redaktör Hasse Rislund som kände igen dem båda. Maria hade han ju sett på presskonferensen.

Är det så här polismyndigheten arbetar med en mordutredning som riskerar att urarta med ännu ett mord och kanske mordbrand på vår redaktion, tänkte han. Men jag känner ju Sten och vet att han är en noggrann och plikttrogen polis, så jag får väl ligga lågt med detta "scoop" för nu och inte nämna något, om de lyckas lösa fallet innan fredagen.

Om inte tänkte han konfrontera dem med att han var här och såg dem. Han tog till och med ett foto med sin mobil.

När Sten kom till Västertorp var inte Claes Broberg hemma, men han lovade att komma om femton minuter. Under tiden

211

studerade Sten de många fina skulpturerna i Västertorps centrum.

Claes kom på utsatt tid och de tog hissen upp i det nya huset som klämts in bland gammal befintlig bebyggelse och en skola.

Förtätning kallas det och det är visst något som betraktas som bra fast det finns hur mycket mark som helst att bygga på runt om Stockholm, tänkte Sten.

– Vi måste hitta din bil, det kan förhoppningsvis leda till den som har använt den i Nynäs. Det är två mord som vi utreder och om vi inte klarar upp detta snart riskerar vi att få fler mord på halsen. Därför är det av yttersta vikt att du hjälper oss på alla sätt du kan, sa Sten med sin polismyndiga stämma. Har du någon aning om vem som kan ha bilen så fram med det nu.

– Jag har faktiskt ingen aning, sa Claes. William lånade bilen och sen har jag inte sett röken av dem. Inte heller försäkringsbolaget tror mig, så jag får ingen ersättning därifrån om jag inte kan bevisa att den verkligen blev stulen.

– Finns det inte någon som kan ha haft tillgång till bilnycklarna, vem har till exempel till gång till din lägenhet?

– Ingen har tillgång till min lägenhet och mina två reservnycklar ligger här, sa Claes och öppnade en kökslåda. Jag hade egentligen bara en reservnyckel men min förra tjej hade också en egen bilnyckel. Därför har jag två reservnycklar liggande här. Hade två, skall jag säga, här är bara en, sa en uppenbart nervös Claes.

– Få se, är det bara en nyckel där, var är då den andra? undrade Sten.

– Vet inte, borta. Jag kanske har den i någon vinterjacka, skall kolla.

– Ja, och gör det jävligt noga, det här är mycket allvarligt och kan ha försenat vår utredning!

– Okej, okej, sätt dig här och ta något att dricka ur kylen, medan jag letar igenom alla mina jackfickor, sa Claes.

Sten tog ut en kall Cola Light fast han tyckte det var helt förkastligt med kemiska sötningsmedel i stället för socker.

Varför frivilligt sätta i sig okända kemikalier när vanligt socker duger utmärkt? Fast Colan smakar ju i alla fall bra, tänkte han.

Då ringde telefonen och det var Linda som var hos William Stone.

– Jag tror jag har nåt, sa en upphetsad Linda. William tror sig känna igen kvinnan på teckningen. Har du skolkorten tillgängliga i din mobil så att du kan mms:a över dem?

– Nej tyvärr, ring till Håkan. Han bör vara i eller i närheten av kontoret. Vem tror han att det är, undrade Sten som blivit ordentligt nyfiken.

– Jag avvaktar med att säga något innan jag kunnat visa skolfotona, jag ringer dig om en liten stund, avslutade Linda och la på innan Sten hann protestera.

Claes kom tillbaka från källarförrådet utan någon extra bilnyckel.

– Jag hittar den inte, vet inte var den kan vara!

– Tänk. Vem kan ha tagit den, någon tillfällig flickvän från krogen? Din brors tjej, om du nu har en bror och han har en tjej, försökte Sten.

– Måste det vara en tjej? undrade Claes.

– Vi har kopplat ihop en kvinna med bilen, men det kan givetvis vara en man som tagit din bilnyckel. Tänk nu för fan!

– Mamma och pappa har varit här, min syster också, men jag har ingen bror. Och jag har inte raggat upp någon från krogen.

– Din syster då, var har hon varit de senaste veckorna?

– Hon har väl varit hemma och arbetat vad jag vet, sa Claes, men hon kan inte köra bil. Hon är helt hopplös och jag och min pappa har gett upp om henne vad gäller körkort.

– Någon annan? Din förra tjej, hon använde ju din bil om jag förstår dig rätt.

– Jo, men det var ett tag sen och jag förstår inte vad hon skall med min bil att göra, hon har köpt en egen.

– Men om man skall begå ett brott vill man kanske inte använda sin egen bil, sa Sten. Hur får jag tag i henne?

– Hon heter Linda Holme och bor, eller bodde, inte så långt härifrån, på andra sidan Västertorps centrum mot Bredäng till. Jag har hennes telefonnummer här.

– Tack, sa Sten och ringde upp det numret direkt.

Han fick inget svar och inget meddelande.

– Har du hennes adress så åker jag dit?

– Visst, här är den. Hon bor högst upp, tre trappor utan hiss.

– Linda Holme sa du, då tackar jag för mig och drar vidare. Men fortsätt tänka så det knakar och ring mig så fort du kommer på någon annan som kan tänkas ha tagit bilnyckeln, ropade Sten när han rusade nerför trapporna.

Adressen tog honom till en trevåningslänga, byggd någon gång på 50-talet, huset såg välbehållet och ganska charmigt ut. Husen stod inte så tätt, inte så tätt som man bygger nu.

Det stod mycket riktigt att en Linda Holme bodde på tredje våningen i trappuppgången. Men Linda var inte hemma, ingen annan heller, så Sten kikade in genom brevinkastet. Där låg det reklam och kuvert i en ganska stor hög.

Det har nog inte varit någon här på ett par tre veckor, konstaterade Sten. Men det är ju inget märkligt så här i semestertider, tänkte han, och gick ut till bilen.

Just som han tänkte försöka ringa den där Linda Holme så ringde en annan Linda, Linda Stefano, upp honom.

– Hej, det är Linda igen. Nu har jag fått skolfotona och William tycker sig känna igen Claes Brobergs förra flickvän. Han är osäker men viss likhet finns säger han. Jag tycker att det är värt att kolla upp.

– Och vad heter den flickvännen, har William något namn på henne? undrade en spänd och nu mycket alert Sten.

– Hon heter Linda Holme.

– Du kan inte gissa var jag är, sa Sten. Jag är just nu utanför huset där denna Linda Holme bor. Men hon är inte hemma och hon svarar inte på sin mobil. Det här kan inte bara vara

215

ett slumpmässigt sammanträffande. Vi måste jobba vidare med detta spår.

– Oj, det kan inte vara sant! utropade Linda. Fantastiskt, vi kanske har ett genombrott. Vad gör vi nu?

– Jag åker direkt tillbaka till Claes Broberg och konfronterar honom med fantombilden och skolfotona. Kan du komma dit? Om jag inte har fel så är du inte så långt ifrån Västertorp.

Det stämde, så Linda lovade att vara på torget i Västertorp om tio minuter.

Under tiden ringde Sten upp Patricia och bad även henne att komma till Västertorp för att leta spår efter Claes förra flickvän i hans lägenhet.

Patricia höll på att jämföra utskriftsproverna med lapparna till Nynäsposten men lovade att lägga det åt sidan. Hon kvitterade ut nycklarna till en civil polisbil, skyndade sig ner i garaget där den stod tankad och redo för utryckning.

– Hej, sa Sten till en förvånad Claes när han öppnade dörren. Hur kom ni in genom porten? undrade han.

– Polisknep, svarade Sten och släppte in Linda innan han själv gick in i lägenheten. Vi har några bilder vi vill att du tittar på. Vi kan väl sätta oss i köket, om det går bra?

– Visst, kom in bara, jag har ändå inget viktigt för mig, sa Claes lite sarkastiskt.

– Känner du igen någon av de här? frågade Linda och sträckte över skolfotona på de tre flickorna.

Claes studerade fotona noggrant för att sen peka på kortet av Linda Lövhage.

– Hon liknar min förra flickvän, Linda Holme, är det hon? undrade han.

– Vad vi vet så heter hon Lövhage i efternamn, sa Linda och räckte över de tecknade fantombilderna. Är dessa också likt ditt ex?

– Jo, den mörka skulle kunna vara hon, sa Claes. Kan hon ha bytt namn, jag har bara känt henne som Holme?

– Det kan hon mycket väl ha gjort. Har du märkt något konstigt med henne den senaste tiden? undrade Sten.

– Nej inte direkt, men hon drog sig undan mer och mer och det var väl det som gjorde att det tog slut. Jag har inte hört av henne på tre till fyra veckor och det är lite ovanligt. Hon har i alla fall försökt att hålla viss kontakt med mig. Men det är ju semestertider, så jag har inte brytt mig särskilt om det.

Nu undrade Sten om inte Claes hade något färskt kort av Linda. Han tog fram några stycken som var några månader gamla. Likheten med klassfotot och teckningen var slående.

Det måste vara hon som vi söker, tänkte både Sten och Linda.

– Bra, vi tar med oss dessa.

– Vad vet du om Nynäshamn, har Linda några kopplingar dit och varför skulle hon kunna mörda två män i hennes egen ålder? undrade Linda. Vet du om hon blivit utsatt för något övergrepp av någon, eller var det någon eller några som hon var verkligt arg på?

– Näe, hon har aldrig nämnt Nynäshamn, hon kommer från Handen har hon sagt. Linda kan vara lite långsint, men att vara så långsint att hon skulle gå och ta livet av två personer kan jag inte tänka mig.

– Okej, vi får fortsätta att rota i det, sa Sten. Nu vill jag också ha alla telefonnummer som hon någonsin har använt.

De fick tre olika mobilnummer och en mejladress av Claes.

– Ring oss direkt om du hör ifrån Linda och be henne kontakta oss. Försök också få reda på var hon befinner sig, det är mycket viktigt. Jag vill också att du stannar hemma, åkt absolut inte iväg någonstans och speciellt inte utomlands, sa Sten innan de försvann ut till bilen.

Där blev de sittande i några minuter utan att säg ett ord. Sen började de prata okontrollerat i munnen på varandra, så uppspelta var de av allt som framkommit den senaste timmen.

De blev avbrutna av att någon knackade på biltaket.

Det var Patricia som just kom till platsen.

– Linda, du kan väl följa med Patricia upp till Claes så att hon hittar rätt på en gång. Under tiden skall jag ringa några samtal för at sparka igång våra kollegor, sa Sten.

Han talade först med Håkan och bad honom att först kolla upp namnen Lövhage och Holme, kan hon ha bytt efternamn?

Sen ville han att Håkan kontaktade polisens telesektion för att be dem pejla in var Lindas mobiltelefoner kunde finnas och även eventuell läsplatta eller dator där hennes mejlkonto hade använts. Ja alla tänkbara elektroniska spår, även var hennes bank- och kreditkort hade använts de senaste tre veckorna. Viktigast var att få reda på var hon befann sig nu, att hitta henne!

Sen ringde han till Maria. Han drog sig för att fråga var hon befann sig, men trodde nog att hon satt med ett glas vin på akterdäck i sin båt och njöt av sommarkvällen. Men nu skulle hon få att göra, upp och hoppa nu lilla polischefen, tänkte han.

Han berättade snabbt vad som hade hänt och att de nu sökte en kvinna vid namn Linda Holme eller Lövhage.

– Kan hon ha gjort det? var det första Maria frågade.

– Hennes utseende stämmer överens med de foton och beskrivningar vi har av kvinnan på krogen och som setts ihop med den röda och blå Peugeoten. Det är hennes tidigare pojkvän som äger bilen, kan kopplingen bli starkare? Även den lokala langaren kände igen kvinnan på fantombilden, hon hade köpt Calmoin av honom, så jag är övertygad om att vi nu letar efter rätt person. Men om du undrar över motiv, så har vi inte funnit något ännu mer än att hon är lika gammal som de bägge döda männen och att de har gått på samma skola.

– Jäklar i min skorsten! utropade Maria så högt att båtgrannarna nog måste ha reagerat på kvinnan som gestikulerade vilt i sittbrunnen med rödvinsglaset i sin högra hand. Vi verkar vara på rätt spår, men glöm för fan inte att följa andra spår också om nu detta skulle visa sig vara fel. Vad gör vi nu?

– Jag vill att du omedelbart kallar in jourdomaren för att få en häktningsorder så att vi kan efterlysa henne. Jag vill även få tillstånd för en husrannsakan, beordrade Sten sin chef. Be jourdomaren kontakta mig omgående för att få alla uppgifter om den misstänkta kvinnan. Jag tänker vänta här i Västertorp tills husrannsakan är godkänd och vi kan gå in i lägenheten.

Sen kontaktade han Linda, som fortfarande var tillsammans med Patricia i Claes lägenhet.

– Det börjar bli sent och jag är hungrig. Skall vi ses på Västertorps pizzeria, undrade Sten, och äta medan vi väntar på tillstånd till husrannsakan och låssmeden?

Han hann inte mer än att avsluta samtalet med Linda förrän Håkan ringde och meddelade att Holme och Lövhage var samma person.

– Hon bytte namn för tio år sedan, i samband med att hon flyttade från Nynäs, sa Håkan. Linda, som nu heter Holme, har bara en släkting i livet, förutom en okänd pappa, och det är hennes moster i Nynäs. Det verkar som om hon växte upp hos henne. Linda arbetar nu som kurator på en skola i Västertorp, den är ju stängd för sommaren men jag har telefonnummer till rektorn. Jag kan kontakta henne, om du vill, för att få lite bakgrundsfakta?

– Toppen, då vet vi att kvinnan vi söker är från Nynäs och är samma person som haft möjlighet att ta Claes bil med en reservnyckel. Jag, Linda och Patricia väntar nu på att göra en husrannsakan hemma hos kvinnan, fortsatte Sten. Nu måste vi söka efter henne på alla sätt. Du och Mats måste arbeta på det omedelbart. Det är tre saker jag vill att ni gör. Först, efterlys henne. Det bör väl finnas ett pass eller körkortfoto ni kan använda. Det andra är att åka till mostern för att leta efter Linda. Fråga mostern om hon har någon aning om var hon kan vara. För det tredje, ring på hennes telefonnummer så ofta ni kan, har vi tur så svarar hon. Okej?

– Visst, vi sätter igång direkt, Mats är på ingång.

Kapitel 32

De beställde in varsin pizza, den andra för dagen, för Linda och Sten.

– När det här är över tycker jag att vi alla går till fiskrestaurangen i hamnen och äter deras skärgårdtallrik med en stor sval Nynäsöl till det, föreslog Sten drömmande.

Det tyckte alla var en alldeles utmärkt idé.

– Du bjuder antar jag, sa Patricia med ett stort leende.

– Det får vi se. Vad fick ni ut av besöket hos pojkvännen? undrade Sten.

– Inte mycket, svarade Patricia. Några kvarlämnade kläder, det är allt. Jag hoppas på bättre lycka i hennes egen lägenhet.

Sten berättade sen att Linda Lövhage och Linda Holme verkligen var samma person och att Håkan och Mats nu gjorde allt för att lokalisera henne samtidigt som polisens telespanare följer upp alla tänkbara elektroniska spår.

– En efterlysning kommer också att gå ut. Jäklar, jag lovade ju Hasse på Nynäsposten att han skulle få förstahandsinformation, utropade Sten.

Han ringde direkt upp Hasse Rislund och meddelade att de eftersökte Linda Holme Lövhage för morden, men att de i nuläget inte visst något om motivet. Nynäsposten fick gärna hjälpa till med att efterlysa henne. Fick de som grävande journalister reda på något nytt om henne så ville han givetvis veta det direkt.

– Hörde ni förresten om att några idioter vandaliserat en ambulans som var i Fruängen här i närheten för att hämta en svårt sjuk patient? sa Patricia. Idioter, någon måste sätta ner foten och visa dessa ligister att detta inte är acceptabelt.

– Nej det har jag missat, men det är för jäkligt, sa Sten. Om inte föräldrar, skola eller sociala myndigheter kan säga ifrån, så måste polis och rättsväsendet bli mycket tydligare. Vad tror ni om en lag som tillåter att man burar in alla som varit inblandade, alltså varit på plats, vid till exempel supporterbråk, våldsamma demonstrationer, hot och vandalisering i fem dagar utan tillstånd på individnivå? Det skulle räcka med att en jourhavande åklagare godkänner ett gruppingripande.

– Låter häftigt! sa Linda.

– Om personen blir borta i fem dagar skulle väl föräldrar, skola och eventuell arbetsgivare äntligen reagera på att något var fel. Ligisterna skulle inte, som nu, släppas samma dag. Då skulle de inte komma undan med att säga att de bara varit ute med kompisar och tittade på, menade Sten som nu var ordentligt uppe i varv.

– Tusan, vad bra, tror du att det verkligen går att genomföra? undrade Patricia.

– Visst går det om den politiska viljan finns. Och när man har varit omhändertagen tre gånger blir man åtalad med risk att får ett två månader långt fängelsestraff, om man inte redan har straffats för upplopp eller vad man varit inblandad i, vill säga, fortsatte Sten.

– Och det där utlovade maskeringsförbudet, när kommer det? stämde Linda in. Hur jäkla svårt kan det vara att få igenom?

Pizzorna kom in och hann nästan bli kalla under deras livliga diskussion, men sen högg de in under tystnad. De åt snabbt och koncentrerat, som om de inte skulle få mer mat på länge.

Nu ringde Sten telefon igen. Det var jourdomaren som meddelade att häktningsorder var utställd och att husrannsakan godkänd.

Kapitel 33

– Då drar vi! Hoppas att låssmeden redan står där och väntar på oss, sa Sten och reste sig upp från den lilla plaststolen.

Mycket riktigt stod det en låssmed från Bredängs Lås utanför och väntade. Hon var lite irriterad att det dröjt så länge, men det var ett bra betalt uppdrag att bryta sig in med polisens godkännande så hon höll inne med sin kritik.

Efter att ha sett husrannsakan som Sten hade fått skickad till sin telefon bröt de sig in i lägenheten. Bröt och bröt, låssmeden öppnade först porten och sen lägenhetsdörren med sina specialnycklar.

Av posten att döma hade ingen varit i den lilla lägenheten på en vecka. Det luktade också unket och instängt.

Patricia samlade in fingeravtryck, hårstrån och andra organiska spår. Linda och Sten letade noggrant igenom hela lägenheten, de tittade i varje låda, bakom varje tavla och till och med i toalettens vattentank. De letade efter planer, Calmoin, hotbrev, bensinkvitton, peruker, ja, allt som kunde bevisa att de var på rätt spår och som förhoppningsvis kunde avslöja var hon nu befann sig.

Denna gång hade Patricia med sig en portabel läsare av fingeravtryck. Hon skannade in ett avtryck från ett odiskat vinglas sen jämförde hon det med några avtryck hon hittat på Axels båt. Efter tre försök fick hon träff.

Jag har det, den som har druckit ur det här glaset har bevisligen varit ombord på Axel Nilssons båt! utropade hon i triumf. Jag sätter mina sista pengar på att det är Linda. Skall bara dubbelkolla med några avtryck som definitivt måste komma från den person som bor här, sa Patricia och försvann in på toaletten.

Linda gick igenom skrivbordet, eller i alla fall den plats där papper och räkningar låg i högar och där en liten skrivare fanns. Skrivaren kopplade hon loss och ställde i hallen för att Patricia skulle ta med den och jämföra med lapparna till Nynäsposten.

– Här Sten, sa Linda. Här är en lista på personer och både Magnus Sjöholm och Axel Nilsson finns med. Här är också tre ytterligare namn.

– Få se, vilka är det?

Sten kastade en blick på listan och kunde snabbt konstatera att han kände igen två av namnen men inte det tredje.

– Det finns en person där ute som vi inte har något skydd på! Fan också, vi måste få bevakning av honom nu direkt, skrek Sten rakt ut så att Linda och Patricia hoppade högt. Det var inte ofta de fick se en så upprörd kriminalkommissarie.

Sten slet upp sin telefon ur fickan och ringde Håkan som fick i uppgift att sätta bevakning nu direkt på den tredje personen och att bevakningen på de andra två skulle intensifieras. Inget fick hända dessa personer som var under allvarligt hot.

226

Eftersom de funnit vad de sökte, förutom spår efter Calmoin, så spärrade de av och lämnade lägenheten, något stökigare än när de kom.

– Det är redan sent men jag räknar med att det blir en natt fylld av arbete. Orkar ni? undrade Sten.

– Visst, jag åker till labbet och säkrar och dokumenterar de nya fynd jag nu har fått, sa Patricia.

– Och jag hänger med till Nynäs för fortsatt jakt på Linda Holme, sa Linda. För det är väl dit vi ska?

– Jo det hade jag tänkt mig. Då åker vi. Patricia, ring om du kommer på något mer.

Linda satt tyst bredvid Sten när han i ganska hög fart körde söderut. Båda funderade hur de nu skulle kunna hitta Linda innan hon gjorde allvar av de hot som framförts till Nynäsposten.

De hade bara ett dygn på sig.

– Linda, ring upp Claes och hör om han kan veta vad Linda kan gömma sig. Finns det någon sommarstuga, någon båt eller något favoritställe som hon ofta åker till. Ring sen också upp Håkan och be honom ställa samma fråga till Lindas moster. Och be honom skicka ett sms till henne och be om att få träffas. Får han napp så måste han ringa oss direkt, han får absolut inte träffa henne, det kan bli farligt.

Hon fick inte tag i Håkan men kunde framföra budskapet till Mats. Claes kunde berätta att hans släkt hade en stuga i Åre. Den stod för det mesta tom under sommarhalvåret. De hade ingen annan fast punkt och han hade aldrig hört Linda nämna någon, fast hon tyckte mycket om skärgården.

– Be våra kollegor i Jämtland att kolla huset i Åre, sa Sten, och om att ha det under bevakning om ingen är där. Kanske dyker Linda upp där bland fjällen.

Kapitel 34

Klockan var redan tio på kvällen när de kom fram till polisstationen i Nynäs. Det var en ljus och sval sommarkväll vilket underlättade, de kände sig inte så hemskt trötta. Skulle nog orka arbeta ett par timmar till.

Håkan och Mats satt och väntade på dem. Fast de väntade ju inte riktigt. Mats försökte hela tiden få tag på Linda på de kända telefonnumren. Samtidigt var han i kontakt med polisens elektroniska spaningsgrupp, och de hade en del information att förmedla.

Mats såg oförskämt pigg ut, han strålade energi. Detta var vad han hela tiden drömt om att få vara med om, att vara i händelsernas centrum i ett uppmärksammat brottsfall. Och förhoppningsvis vara en av de som bidrog till fallets lösning. Han var så uppe i varv att han inte hade någon tanke på sin underbara flickvän som tyckte att han la för mycket tid på sitt arbete och för lite tid på henne.

Håkan följde upp att efterlysningen gått ut som den skulle. Och det hade den, alla polisenheter, samt tull och gränsbevakning, hade fått bild, namn och en beskrivning av Linda. Av tidningarna var Nynäsposten först med att få ut efterlysningen på sin hemsida och snart hade alla rikstäckande tidningar också lagt ut den. Till och med SVT hade den på sin nyhetssida.

De samlades runt fikabordet och de var alla övertygade om att de nu sökte den som var den skyldige. Alla spår pekade på det, förutom att de inte hade en aning om varför. En liten aning hade de ju, eftersom de mördade och de övriga personerna på Lindas lista hade mobbat andra elever. Men Linda hade ju inte mobbats, hon hade tvärtom varit omtyckt och populär, hos killarna speciellt. Så vad låg bakom, undrade de.

Motivet fick vänta, de kom inte längre med det. Nu gällde det att hitta henne innan hon kunde verkställa sina hot.

– Jag får inte tag i Linda på de angivna telefonnumren, de verkar inte vara aktiva, sa Mats, och tyvärr är de elektroniska spåren gamla. Hon har inte använt någon av sina telefoner eller sin dator sedan i går morse. Sen har alla spår upphört. Senast hon hade sin dator på var hon i trakten av Handen. Hon har dock tagit ut ganska mycket kontanter under den senaste månaden. Totalt 23 000 kronor. Senast 5000 ur en bankomat i Ösmo, för en vecka sedan. Våra elektronikspanare har nu ständig koll på Lindas mobila abonnemang, de kommer att få meddelande från operatörerna direkt som något av dem aktiveras.

Lindas telefon ringde och hon gick en bit bort för att kunna tala ostört. Samtidigt ringde det på polisstationens ytterdörr.

Till Stens förvåning var det Maria som ville komma in, det hade han inte väntat sig

Han kunde inte undgå att ge henne en liten pik genom att fråga hur det var att bryggsegla en sån här fin kväll.

Maria fattade piken men svarade oberört att hamnen i Nynäs erbjöd både bra mat och ett underhållande skådespel av både landkrabbor och sjöbusar.

– Det var Årepolisen som ringde, sa Linda när hon kom tillbaka till fikabordet. De hade inte hittat Linda, men däremot skrämt vettet ur Claes föräldrar när de körde upp med tre polisbilar och omringade stugan. Ingen framgång alltså, men de lovade att bevaka både stugan och järnvägsstationen.

– Lindas moster har inte sett Linda på flera år. Mostern sitter i en liten tvåa och har inga större tillgångar, varken sommarstuga eller båt, sa Håkan. Hon har alltså ingen aning om var sin systerdotter kan hålla hus.

– Ni har gjort ett fantastiskt jobb hittills, men nu gäller det, vi måste hitta den där förbannade tjejen innan hon hittar på något mer sattyg, sa Maria.

– Vi har stärkt bevakning på de personer som vi bedömer vara i farozonen, sa Sten. Speciellt de som fanns på Lindas lista. Även Nynäsposten har ett extra skydd. Jag tror inte att Linda kan komma åt någon av dessa personer eller redaktionen. Vi har en rikstäckande efterlysning ute. Tidningar och tv går ut med namn och bild på Linda. I morgon bitti, senast, vet hon själv om att hon är avslöjad och efterlyst. Hur hon då reagerar kan vi bara gissa, fortsatte han och såg sig runt om, på var och en av sin kärntrupp, och på Maria, den ytterst ansvariga.

Alla utom Mats såg trötta ut.

231

– Jag föreslår följande, nu går vi hem och vilar, vi kommer att behöva all energi i morgon. Men Mats, du ser oförskämt pigg ut, och så är du också yngst av oss alla. Därför vill jag att du stannar kvar här i natt och bevakar om efterlysningen ger något resultat och om den elektroniska spaningsgruppen får in några signaler från Linda. Klarar du det, att hålla dig vaken tills vi kommer i morgon bitti? undrade Sten.

Mats sken upp och blev uppriktigt stolt över det förtroenden, det kunde alla i rummet notera. Nu fick han ju även möjlighet att visa upp sig för en av de riktigt höga cheferna, Maria skulle från och med nu veta vem han var.

– Visst, självklart, jag håller ställningarna med kaffe och cigaretter! Nä förresten, jag tänker inte röka bara för att hålla mig vaken, sa Mats i ett försök att skämta.

– Jag kan också stanna kvar här, sa Linda. I stället för att åka hem fram och tillbaka så kan jag slagga här på britsen i arrestlokalen. För den är väl tom i kväll?

Det tyckte Sten var en bra lösning, så han sa god natt till Linda och hej då till Mats och skjutsade Maria den korta biten ner till hamnen. Hon ville bjuda på ett glas vin, men det tackade han artigt nej till. Han måste hem och vila några timmar, dessutom så körde han ju bil.

Det var tomt i radhuset, ingen Malin eller Artur syntes till.

Då får jag ingen frukost med nybakat bröd serverad i morgon, tänkte han.

Även om han var trött och att morgondagen nog skulle bli en av det viktigaste i hans liv som polis så kunde han inte motstå frestelsen av en kall öl på altanen.

Han hejade på Andreas och Sofia, som också satt ute och njöt av den svala kvällen. De ville att han skulle komma över, men han skyllde uppriktigt på att han hade en viktig dag i morgon framför sig och stannade kvar i sin korgstol.

– Gå gärna in på Nynäsposten hemsida så kan ni se vad jag håller på med just nu, ropade han över häcken, samtidigt som Tussan trängde sig igenom.

Hon fick en bullbit, sen tömde han ölen och stöp i säng. Han somnade direkt men sov oroligt efter alla intryck från den långa dagen.

Kapitel 35

Torsdagen den 13 juli

Trots den dåliga sömnen vaknade Sten tidigt. På väg till toaletten kände han att det osade något.

Det kan väl inte brinna, tänkte han och tittade in i köket. Där stod redan Artur i full gång med brödbaket.

– God morgon svärfarsan, hoppas jag inte väckte dig, sa han glatt. Jag lyckades bränna vid brödet lite grann men jag hoppas att det skall smaka bra i alla fall. Frukost serveras om tio minuter på altanen!

– God morgon, själv, det skall bli gott. När kom ni hem? undrade Sten. Jag hörde er inte i går kväll.

– Vi kom väl vid tvåtiden och du sov så sött så vi ville inte väcka dig.

Sten duschade sig ren och fräsch och tog på sig kakifärgade jeans och en blå pikétröja med polisens emblem på. Inga strumpor, det skulle inte behövas i de blå seglarskorna.

Malin sov, så Artur och Sten åt frukost tillsammans. Artur snackade om allt mellan himmel och jord, men mest om Malin och deras planer för resten av sommaren. Sten var för upptagen med att tänka på och planera dagens arbete för att riktigt höra på. Dessutom var han ganska trött, så han var väl ingen rolig frukostkamrat, men det verkade inte bekomma Artur som glatt snackade på.

– Tack för en utmärkt frukost, nu måste jag skynda mig iväg till jobbet. Blir ni kvar så att jag får en lika bra frukost i morgon? undrade Sten.

– Det tror jag, vi kanske sticker ut med båten i dag. Om vi får det vill säga?

– Visst, ta den bara, jag lägger lite bensinpengar i hallen. Ha det så bra och hälsa Malin.

När han kom till polisstationen var det Linda som hälsade honom välkommen. Mats låg och sov i arrestlokalen, han hade hållit sig vaken till klockan 6.00, sen orkade han inte mer, utan somnade sittande vid fikabordet.

Linda kunde berätta att det ändå varit en lugn natt. Inga spår av den efterlysta, varken från mobiltelefon, bankomatuttag eller kortbetalning. Det hade kommit in två tips om att hon varit synlig. Ett från Åre faktiskt och ett från Nynäshamn utanför Magnus Sjöholms hus. Det från Nynäs visade sig vara från Anita, Magnus fru.

Polisen hade varit där på tre minuter. Det hade visat sig vara en berusad och förvirrad änka som i sin sorg såg faror överallt.

Det från Åre hade varit mer intressant, men det var från Claes mamma som trodde sig ha sett den förra flickvännen på ICA.

Hon ringde polisen och följde efter kvinnan till tågstationen, där hon steg på tåget mot Stockholm. Polisen hann inte dit så de hoppade i stället på tåget i Järpen. De hittade ingen kvinna som stämde överens med signalementet eller med den beskrivning av hennes kläder som Claes mamma lämnat. Väldigt mystiskt var det.

– Vi beslutade att skicka ut poliser till varje stopp som tåget skall göra på väg till Stockholm för att kontrollera avstigande. sa Linda. Tåget beräknas komma in till Centralen vid 14-tiden. Jag har bett om att få bli uppdaterad kontinuerligt.

– Bra, kanske är vi henne på spåret, om jag nu får uttrycka mig så fånigt när det är ett tåg vi bevakar, sa Sten och log generat. Det är det bästa vi har även om jag befarar att vi tappat bort den som sågs stiga på tåget. Hur är det med personskyddet av de personer som vi tror är hotade och som var med på Lindas lista, håller de ut ett par dygn till eller behövs det mer personal? fortsatte Sten.

Det hade inte Linda någon kolla på, så Sten ringde till Kerstin på Säpo och försäkrade sig om att de hade utvilad, alert personal på plats och tillgänglig om det hela skulle dra ut på tiden.

Årelarmet visade sig också vara ett sidospår. Polisen hittade visserligen en kvinna vars utseende stämde väl överens med den efterlysta. Men till skillnad från Linda Holme så var hon en turistande fransyska. Språk och pass var övertygade bevis på det.

– Då finns hon nog i Nynäs med omnejd, det är min känsla, sa Sten, men fråga mig inte varför.

– Jag håller med, sa en nyvaken Mats.

Han hade hört att det började röra på sig i lokalen och ville inte missa någonting över huvud taget.

– Finns det något fika klart, jag är hungrig!

– Tyvärr Mats, mamma är inte här, men om du sätter på kaffe går jag till kondiset över gatan och köper några frallor, sa Linda.

Det tog inte många minuter så var Håkan och även Maria på plats. Maria var mest intresserad av att få en statusrapport, så att hon i sin tur kunde rapportera vidare uppåt.

Det var högsta fokus på att lösa dessa mord. Till och med nyheter om flyktingkatastrofen i Mellanöstern och Nordafrika och dess koppling till den stora invandringen till Europa fick stå tillbaka för rapporteringen från den lugna skärgårdsstaden Nynäshamn en dag som denna.

Efter att Maria avlagt sin rapport samlades de alla för att lägga upp dagens spaningsarbete.

Eftersom alla som var i fara hade personligt skydd, efterlysning och elektroniska spaningsinsatser var på plats, var det väl inte så mycket mer de kunde göra än att vänta på att Linda Holme skulle göra något avslöjande misstag.

– Men du kunde ju inte bara sitta inne och vänta.

Det fick bli Mats uppgift att vara sambandscentral

De övriga skulle röra sig ute på staden.

Sten föreslog att Linda och Håkan skulle sätta sig i var sin civil polisbil och köra runt.

Själv tänkte han utföra en gammaldags patrullering till fots. Maria skulle hålla sig i gästhamnen och hålla utkik.

Kapitel 36

Det kändes lite avslaget att i stort sätt bara vänta, tyckte Sten. Men de hade ju aktiverat stora resurser i spaningsarbetet så egentligen var det ju full aktivitet.

Han gick längs centrumgatan, upp till huset där Nynäspostens redaktion låg.

Polisbevakningen var fullt synlig och han hälsade på sina kollegor innan han gick in för att prata med Hasse Rislund. Ibland kunde journalisterna sitta inne med viktig information som gått polisen förbi.

— Tjenare Rislund, hur går det för er, är det här man kan få den senaste informationen? hälsade Sten med.

— Det beror på vad du är ute efter, svarade Hasse. Det senaste kommunalpolitiska skvallret kan jag bidra med, men något nytt om den efterlysta kvinnan har jag tyvärr inte. Där kanske du kan bidra med något nytt att skriva om? De stora drakarna är som tokiga och vill att vi skall hjälpa dem med information. Mot betalning, tack och lov, så den här månaden kanske går med plus för min lilla lokaltidning.

— Jag kan berätta så mycket som att vi har mobiliserat full spaning efter henne. Vi har bevakning på platser och personer hon kan tänkas besöka och vi har elektronisk spaning på hennes mobiler och bankkort. Dessutom ligger ju efterlysningen ute hos er, den tredje statsmakten. Så jag har

239

gott hopp om att kunna gripa henne snart, innan några av hennes hot kan bli verklighet.

– Ja, och ni har ju verkligen satt in stora resurser för att skydda den här byggnaden och även en del utsatta personer i Nynäs. Kan du bekräfta det för mig och också, varför just dessa behöver extra skydd? bad Hasse.

– Jag kan bekräfta att ett mindre antal personer i Nynäshamn har fått personskydd, men jag kan tyvärr inte gå in på varför, svarade Sten.

– Okej, jag får väl inte ut mer av dig nu, men hör av dig så fort du kan släppa på mer information. Nu måste jag förbereda morgondagens tidning. Du är välkommen att slå dig ner för en fika men jag har inte tid att underhålla dig.

Sten tackade nej till kaffet och gick ut på sin patrullering. Nu var klockan redan över nio så ölgubbarna, och -gummorna inte att förglömma, satt redan på bänkarna i närheten av apotek Röda näsan. Han kände igen de flesta till utseendet och hejade på en del av dem som satt och väntade på att paradiset skulle öppna.

– Tjena, konstapeln, eru ute på din daglige patrullering! ropade Fnutten.

– Hej, här har ni det bra i solen ser jag, svarade Sten och lyfte på den imaginära polismössan.

Utanför Konsum stötte han på Malin och Artur, som proviantiererade för sin båtutflykt.

– Häng med, pappa, det ser ut att bli en riktigt härlig dag, sa Malin och drog i Stens blå pikétröja.

– Tyvärr, jag måste jobba, även om det inte ser så ut just nu, men vi kan göra sällskap ner till hamnen om ni har lagt båten där. Min chef ligger nämligen förtöjd vid piren, så jag tänkte hälsa på där.

– Ligger din chef "förtöjd"? undrade Artur. Det kan du väl inte mena i alla fall. Konstigt hur ni skärgårdsbor uttrycker er, sa han och avlossade ett smittsamt skratt.

Malin krokade i Sten arm och han kände sig otroligt stolt över att få gå igenom Nynäs centrum med en så vacker kvinna vid sin sida. Att det var hans dotter gjorde saken inte sämre.

I backen ner mot hamnen kunde han se Skärgårdsbåten, Utö Express, lägga ut och tuta tre gånger för att backa.

Där skulle jag gärna vilja var med, tänkte han.

De skiljdes åt vid fiskebryggan och han gick ut på piren mot Marias båt. Hon vinkade honom glatt ombord.

– En tidig lunch på Salta Biten och kokt färsk potatis, passar det herrn? undrade Maria.

– Det skulle smaka alldeles utmärkt, jag börjar redan bli hungrig! Och traditionell sjömat är aldrig fel.

Maria berättade att hon kände sig ganska pressad av både polisledningen och av media som försökte komma i kontakt med henne ideligen.

– Vad händer egentligen, har det inte inkommit några spår efter den där kvinnan? Hon kan väl inte ha följt med NASA på någon rymdexpedition heller!

Just då ringde Håkan till Sten.

– Uhm, okej, aha, intressant, jag kommer direkt, ring Patricia också kunde Maria höra att han sa, men hon förstod inte ett skvatt.

– Vad var det där om? undrade hon.

– Håkan har hittat bilen den ommålade Peugeoten, den står på gymnasieskolans parkering. Eftersom det är sommarlov kan den ha stått där ganska länge utan att någon reagerat.

Sten slängde i sig maten och rusade upp till baksidan av polisstationen där hans bil stod och väntade.

Det var helt klart rätt bil, kladdigt målad för hand och med amatörmässigt ändrade nummerplåtar.

– Jag lyckade lirka upp låset så att jag försiktigt kunde leta igenom bilen, men har inte hittat något användbart spår som kan leda till var Linda Holme nu befinner sig, sa Håkan. Efterlysningen av bilen är också avblåst, jag ringde till Mats som skulle gå ut med informationen om att vi hittat bilen.

– Bra, bra, jävligt bra att du hittade den, sa Sten. Kan du se om den blivit använd nyligen?

– Nej egentligen inte, motorn är helt kall och bilen är dammig, så den har nog stått här några dagar minst.

– Det antyder ju att hon kan var här i närheten av Nynäs, men hon kan lika gärna ha lämnat den här för att användas vid ännu ett mord. Jag tycker att vi lämnar den som den är efter att Patricia har fått ta några prover. Sen håller vi bilen bevakad dygnet runt och hoppas att hon gör bort sig och kommer hit igen, sa Sten, samtidigt som Patricia rullade in på parkeringen.

De informerade Patricia om planen och hon lovade att inte göra mer än nödvändigt. Hon kunde direkt med sin portabla utrustning konstatera att Linda Holmes fingeravtryck fanns på de ställen man kan förvänta sig, på ratten, växelspaken och på dörrhandtaget.

De lämnade bilen så orörd som möjligt och Håkan dröjde sig kvar i närheten tills han fått avlösning av någon yngre bevakande kollega.

Kapitel 37

Ett litet genombrott till, tänkte Sten på väg ner till centrum, hoppas det leder oss rätt.

Telefonen ringde, men irriterande nog låg den i jackfickan i baksätet, så han bestämde sig för att svänga in på parkeringen utanför Konsum för att kolla vem som det var som ringt.

Det var Hasse från Nynäsposten, så Sten gick de femtio metrarna till redaktionshuset och klev på.

– Tjena Hasse, du ringde just! Var det något viktigt?

– Jag fick just det här inlämnat till mig. Det är en väldigt speciell insändare, om jag så får säga.

Sten läste igenom meddelandet som kom direkt från Linda Holme. Det var en begäran om publicering kopplat till en del andra krav och utfästelser. Hon lovade bland annat att överlämna sig själv till polisen, när detta hade publicerats tillsammans med att ett annat krav var uppfyllt.

– Hur tusan skall vi förhålla oss till detta, tänkte han högt. Ni får inte trycka detta utan mitt tillstånd. Du måste även ha de anhörigas tillstånd, eller hur?

– Det stämmer av etiska skäl kan vi inte trycka detta utan deras tillstånd.

– Men du, hur fick du det här?

– Det var en av killarna på parkbänken som kom i med det, Fnutten tror jag han heter, sa Hasse.

– Åh fan, ge mig en kopia på brevet nu fort, jag måste få tag i Fnutten direkt.

Han hittade Fnutten på en bänk i skuggan i parken bakom redaktionshuset. Vid fötterna hade han en kasse full med öl.

– Hej Pelle, sa Sten, som nu formellt använde Fnuttens riktiga namn. Var det du som lämnade in ett kuvert till Nynäsposten nyligen?

– Jo, det stämmer alldeles förträffligt utmärkt, svarade han påtagligt påstruken.

Han brukade krångla till språket när han var i det tillståndet.

– Ja fick det av en bedårande stilig tjej som också gav mig trehundra spänn för att jag skulle lämna det till stadens tidningsimperium, NP alltså. Själva överlämningen skulle ske halv elva prick, det var hon av den alldeles bestämda åsikten alltså, fortsatte han. Men jag glömde bort kuvertet tills alldeles helt nu förstår ru, det ramlade ur bakfickan. Jag blev liksom fast med biran som jag köpte för kosingen som hon, den vackra, gav mig.

– Så du sumpade fyra timmar, jäklar anamma, dem skulle vi behövt! Såg du vem det var som gav dig kuvertet och stålarna, kände du igen henne? frågade Sten.

– Näe, jag har nog sett henne förr, en sån pingla glömmer man ju inte bort, men jag vet inte vem hon e', svarade Fnutten.

– Kommer du ihåg att du berättade om en blond kvinna med en röd bil, som du sett i hamnen, för mig? Kan det vara hon?

– Jo kanske, svarade han, samma underbara tjej två gånger, hon måste gilla mig.

– Var träffade du henne?

– I hamnen, vid fiskebryggan, när jag satt i början av piren.

– Och hur var hon klädd? frågade Sten som insåg att Fnutten inte klarade av mer än en fråga i taget.

– Kommer väl en ordentlig man som mig inte ihåg, men hon hade en attans stilig ryggsäck och en cykel, en sån där gammal damcykel som är så populär hos ungdomarna nu för tiden.

– Vilken färg?

– Mörk, grön, blå eller svart, kommer inte ihåg såna detaljer. Vill konstapeln ha en slurk?

– Nä tack, vart tog hon vägen sen?

– Det vet väl inte jag, hon blev väl kvar där vid bryggan, jag skyndade mig upp för att använda mina pengar innan damen ångrade sig.

– Och när var detta ungefär? undrade Sten.

– Vid halv tio-tiden kanske, jag fick vänta på att bolaget skulle öppna.

– Okej, så strax innan jag såg dig på bänken där borta i morse?

– Jovisst, så måste det ha varit.

– Varför sa du inget till mig då? Du vet väl att vi letar efter en kvinna misstänkt för mord!

– Ja men först ville jag ju använda stålarna så att ni inte skulle lägga beslag på dem. Sen, efter första biran glömde jag väl bort det.

– Jag får väl kalla dig en duktig idiot, trots dina misstag är du till stor hjälp, tack, sa Sten och slängde sig i bilen.

Innan han startade bilen ringde han till Håkan och beskrev snabbt vad som hänt och bad honom meddela de övriga att komma till fiskebryggan så fort som möjligt.

Kapitel 38

Han sprang sen till Marias båt, där hon satt i solen och slöade.

– Fan Maria, vi har missat Linda Holme. Hon var precis inom räckhåll för din blick här i morse och du såg ingenting! Inte så konstigt att bovarna går lösa.

– Vadå, tala ur skägget för tusan!

– Jag kan också ha missat henne, kanske gick hon förbi här på förmiddagen, fortsatte Sten, men nu måste vi hitta henne, hon kan inte vara långt borta.

Sten visade meddelandet som Nynäsposten mottagit och berättade snabbt vad Fnutten hade sagt.

Sen gick de tillsammans till foten av fiskebryggan och samlade ihop de övriga. Det var Linda och Håkan, Mats var kvar på stationen och bevakade den rikstäckande spaningen.

Ryggsäck och cykel var det enda nya i signalementet. Med det i bakhuvudet och efterlysningen med passfotot på Linda Holme spred de sig för att gå till alla butiker, kiosker och restauranger i området. Någon måste ha sett henne.

Sten gick till korvkiosken som hade fångat bilen på övervakningskameran tidigare. Både Stefano och dottern, Sofia, var där, men de hade inte sett någon som liknade Linda den här förmiddagen.

När Sten steg ut ur den av stekos stinkande kiosken såg han att Utö Express var på väg att lägga till. Han hade ju sett den gå ut i morse så det var nog värt ett försök att tala med skepparen.

Skepparen visade sig vara en ung tjej, inte mer än trettio. Han hade föreställt sig en medelålders man med skägg och bastant ölkagge.

Där fick mina fördomar sig en rejäl törn, tänkte han.

– Hej, jag heter Sten Strand och är kriminalkommissarie, är det du som för befälet på den här skutan?

– Stämmer bra det, vill du åka med till Ålö kanske?

– Jag söker en kvinna som var här i hamnen i morse och undrar om hon har åkt med er, sa Sten och visade henne fotot av Linda.

– Nej, jag kan inte minnas det så här. Kanske Patrik minns, han tar emot passagerarna och tar betalt. Patrik, kan du komma hit är du bussig!

– Vaere om?

– Polisen frågar efter en passagerare.

Patrik kom ner för lejdaren men kunde inte med säkerhet säga att Linda varit med på någon av dagens turer. Men när Sten berättade om ryggsäcken och cykeln kom han ihåg en kvinna som var med på den andra turen som gick vid tiotiden.

– Jag kommer ihåg cykeln. Normalt är det ganska många som har cyklar med sig, men på den turen var det bara två cyklar.

Den ena tillhörde en för honom känd skärgårdsbo och den andra tillhörde en kvinna, sa Patrik. Det kan mycket väl ha varit kvinnan på kortet som du visade.

– Åh tusan, var gick hon av?

– Hon klev av på ändstationen, på Ålö.

– Såg du vart hon tog vägen, frågade Sten som nu hade fått ordentlig vittring.

– Nä, det är omöjligt, vi backar ut från bryggan direkt. Hon klev väl bara på cykeln och trampade iväg.

– En sista fråga. Har hon åkt tillbaka?

– Nej, i alla fall inte med cykeln, det skulle jag ha kommit ihåg, sa Patrik och försvann för att släppa på nya passagerare.

– Vänta här, ni får inte gå förrän jag gett klartecken, sa Sten till skepparen. Det är mycket viktigt!

Sten gick av och ringde på Linda och Håkan och beordrade dem till Marias båt.

Håkan, Linda och Sten kom samtidigt fram till båten, så Maria hoppade ur däcksstolen och undrade vad i hela friden som pågick.

– Linda Holme åkte med Utö Express i morse, rakt framför mina och Marias ögon, det är vad som har hänt! Fram med sjökortet, för det har ni väl, inte bara en GPS hoppas jag!

De bredde ut kortet på durken så att alla kunde se, sen visade Sten på Ålö och förbindelsen till Utö.

– Här någonstans är hon, sa Sten. Om hon inte tagit någon färja vidare från Gruvbryggan på Utö eller haft tillgång till någon privat båt. Vi och fler kollegor måste dit nu.

Då ringde Mats till Sten och meddelade att spaningen av Lindas mobiler gett resultat.

– Hon är någonstans på Utö, sa Mats, hon hade på en av sina telefoner en kort stund och skickade ett meddelande till sin förre pojkvän Claes. "Jag älskar dig för alltid! Linda." Sen stängdes telefonen av. Elektronikspanarna försöker nu att få en mer precis position av var telefonen var när meddelandet skickades.

– Ha, det stämmer med vad vi just fått reda på, sa Sten.

– Hon är på Utö, de har pejlat in henne, sa han till de övriga på båten. Nu skall vi hitta henne!

Sten såg att Sjöräddningssällskapets snabba ribbåt låg inne och att någon var på deras brygga.

– Om dom kan köra oss till Utö, så åker Linda och jag med den. Du Håkan, får åka med Utö Express för att se till att Linda Holme inte tänker åka tillbaka samma väg som hon kom. Sen lånar du en cykel eller moped eller något vad som helst och tar dig mot Gruvbryggan. Håll givetvis utkik efter vägen. Maria, ta hjälp av Mats för att se till att samtliga passagerare på skärgårdsbåtarna från Utö kontrolleras. Håll ställningarna, Mats får fortsätta att vara vår ledningscentral.

Sen hoppade Sten ner på bryggan och sprang bort till Sjöräddningssällskapet där han såg att det var Stefan Glans.

– Tjena Stefan, bra att det är du, kan du ta oss till Utö nu direkt? Vi tror att hon som vi söker för de båda morden befinner sig där. Kropparna du hjälpte till att fiska upp, du vet.

– Självklart, hoppa ombord, här finns det resurser! sa Stefan Glans. Den här båten går i 40 knop så vi borde vara vid

Gruvbryggan på Utö inom trettio minuter beroende hur guppigt det är på Mysingen.

Kapitel 39

Det var en riktigt häftig båt med två enorma snurror i aktern. Linda och Sten fick var sin professionell flytväst och strikta order om att sitta ner och hålla i sig, innan Erik drog på och de lämnade Nynäshamn bakom sig.

Och fort gick det, Sten hade nog aldrig åkt så fort på sjön förut och Linda såg halvt skräckslagen ut där hon krampaktigt höll sig i relingen.

Och inte blev det bättre när de kom ut på Mysingen, där det skumpade rejält. Även om det inte blåste så mycket så var det ordentliga vågor, det var det nästan jämt där ute, eftersom det öppna havet låg på från sydväst. Sten måste bekänna för sig själv att han njöt av farten fast han alltid hävdar att man skall färdas lugnt och stilla på sjön.

Telefonen ringde i Stens ficka, fast han hörde den inte, han kände i stället att den vibrerade, men det var för bullrigt för att han skulle kunna höra något, så han bestämde sig för att ringa upp när de väl var på fast mark igen.

Det blev lite lugnare vatten när de närmade sig Utö, så lugnt att också Linda såg ut att uppskatta färden. En annan dag med en trevligare anledning att vara på sjön hade nog Linda kunnat njuta fullt ut av att färdas genom den vackraste av skärgårdar.

Stefan navigerade skickligt och vant igenom den trånga och krokiga passagen in till Gruvbryggan och släppte av dem vid skärgårdsbåtens kaj.

– Vill ni att jag stannar kvar, om ni skulle behöva en snabb båt igen? frågade han när han sakta backade ut.

– Ja tack, gärna, kan du vara här i närheten vore jag mycket tacksam, svarade Sten och tog upp telefonen för att se vem som hade ringt.

Det var Mats.

– Hej Mats, jag missade ditt samtal, vad ville du?

– De har pejlat telefonens position lite mer noga och den var i trakten av gästhamnen när den användes, förklarade Mats.

– Det är ju där vi är just nu! För hur länge sen var det?

– Men det lite över en timme sen som telefonen var uppkopplad, svarade han.

– Linda! Hon var här för en timme sedan, hon kan inte vara långt borta nu.

– Okej, svarade Linda som såg lite blek ut efter den skumpiga båtfärden. Vi får väl fråga oss för om någon har sett henne och vart hon har tagit vägen.

De delade på sig för att gå uppför gatan med bageri, mataffär och restauranger.

Sten började i hamnkontoret men fick inget napp där, inte heller i glasskiosken eller hos sjöboden.

Linda gick före och stoppade båtfolket som kom tillbaka från affären. Inget användbart resultat, inte förrän hon kom till bageriet. Där kände de igen henne, de visste också var hon bodde. Eller bodde var väl fel uttryck, hon hade setts i ett hus upp längs vägen som stått tomt ett par år.

Där hade hon varit till och från de senaste dagarna, sa expediten som var ganska säker på sin sak. Dessutom stämde beskrivningen av hennes cykel bra.

Huset kallades för "Gårdastugan" och när Linda fick beskrivningen dit kom Sten in på bageriet tillsammans med Håkan. Stugan skulle ligga cirka två kilometer söderut, så Håkan måste ha åkt förbi den med sin lånade flakmoppe.

– Följ bara vägen som går förbi ICA så hittar ni dit. Ni kommer liksom igenom en liten by, den första samlingen av hus. Där, på höger sida, ligger ett rött trähus, mitt emot den gamla nerlagda skolan. Det bör inte vara så svårt att hitta dit, sa flickan bakom bröddisken. Med hjälp av flakmoppen och en gammal Volvo ombyggd till EPA-traktor som de fick låna av bageriets sommarjobbande brödtransportör gav de sig iväg på den vackert slingrande vägen. Först längs vattnet, men efter en stund vek vägen av åt vänster uppför en backe och fortsatte sen genom det gamla kulturlandskapet.

Gårdastugan var inte svår att hitta och utanför, på vägen, mötte de en tjej, solbränd i shorts och linne. Hon kunde bekräfta att det verkligen var Gårdastugan och att någon okänd kvinna hade varit där den senaste tiden.

Bakdörren stod helt öppen, men ingen svarade när de gav sig till känna så det var bara att kliva på. Försiktigt tog de sig in, väldigt försiktig eftersom Sten och Linda i brådskan inte

255

fått med sig någon skyddsutrustning alls. Det var bara Håkan som hade haft sinnesnärvaro nog att utrusta sig med tjänstevapnet och en skyddsväst redan i morse. Han gick först.

Kapitel 40

På köksbordet hittade de en nästan tom flaska Jack Daniels. Några ljusblå piller låg tappade på golvet, en pinnstol hade fallit omkull och gardinen var nerdragen, som om någon famlat efter stöd för att kunna resa sig upp.

Det kändes som om de hade kommit för sent, livet hade liksom runnit ut ur huset. Det var obehagligt även för en garvad kriminalkommissaries som Sten Strand.

Han fann Linda Holme livlös på golvet i ett av sovrummen som vette ut mot den gamla vägen. Efter att ha känt på hennes svaga, nästan obefintliga puls ringde han efter en helikopterambulans. När han försäkrat sig om att Håkan och Linda gjorde vad de kunde för att hålla henne vid liv gick han ut på gräsmattan där han stod helt stilla, länge.

Så tog han upp meddelandet som Hasse på Nynäsposten tagit emot tidigare på dagen. Han läste det långsamt, sen läste han det igen:

Tjena,

Jag kan se att polisen gjort sitt arbete väl och har kommit på att det måste vara jag som är ansvarig för dödsfallen i Nynäshamn. Men de har ingen aning om varför jag har gjort det. Därför får ni här min historia så att ni blir de först att veta och förstå. Jag kommer att överlämna mig när Nynäsposten har tryckt min historia. Något betalt behöver jag inte och det är väl inte för en brottsling som mig att begära. Men, summan motsvarande den normala betalningen för en sådan här artikel, skall oavkortat gå till BRIS.

När bevis på betalning finns och jag ser min story på löpsedlarna kommer jag att gå in på en polisstation någonstans i Sverige och överlämna mig själv till rättvisan.

"Jag heter Linda Holme, född och uppvuxen i Nynäshamn. Några av er kanske kommer ihåg mig under mitt tidigare namn, Lövhage. Min uppväxt var allt annat än lugn, med en frånvarande pappa och en missbrukande och psykiskt instabil mamma. Varför hon var sjuk förstod jag först långt senare. När jag var i treårsåldern lämnades jag bort till min moster som egentligen inte ville ta hand om mig. Jag kände mig aldrig älskad hos henne och hennes man. Hos mamma var jag älskad men det var inte så ofta som hon orkade med att ta hand om mig. Hon dog när jag var fem år. Hon tog sitt eget liv. Jag tyckte länge att hon tog den fega vägen ut, men nu förstår jag att hon inte tyckte att hon var något värd. Hon tog den tuffa vägen för att inte vara en belastning för mig.

Jag var lyckligt lottad som såg bra ut och var social och kontaktsökande. Utanför hemmet, i förskolan och skolan, var jag omtyckt och jag trivdes där. Men jag såg att andra for illa, blev retade och slagna och det berörde mig djupt, men jag kunde inte förstå varför just jag kände sådan olust. Tills en dag när jag var i tioårsåldern då min moster berättade att min mamma hade varit väldigt mobbad i skolan och att det var

258

därför hon blev sjuk och inte kunde ta hand om mig. Då bestämde jag mig. För det första skall jag aldrig mobba eller kränka någon annan person och för det andra skall jag hämnas på alla elaka, dumma och helt enkelt onda mobbare. Nu har jag gjort det, hämnats alltså. Men det är ni, min mammas plågoandar, som är skyldiga till att de två fick sätta livet till. Och jag hoppas att det kommer att plåga er för resten av era tarvliga liv. Om jag bara visste vilka ni var så skulle ni ha dött i stället.

Linda Holme

PS. Jag använde Calmoin för att bedöva och förlama mina offer. De var ändå vid medvetande och förstod vad som skulle hända, jag kunde se skräcken i deras ögon. Sen tog jag dem i bilen och gav dem vatten spetsat med mer Calmoin. Vid utsedda platser baxade jag över dem till en rullstol, bedövade dem ännu mer med ett slag mot huvudet, och tippade sen ner dom i vattnet för att slutligen drunkna. Dom fick uppleva skräcken som deras offer fått göra, och jag njöt av det. DS"

Hur kunde det gå så här, varför och vem är egentligen skyldig, var tankar som virvlade runt i Stens huvud. Några svar räknade han inte med att få även om han stod kvar hela dagen, han hade heller ingen ork att ens försöka svara på frågorna.

Vem var mamman, hade han känt henne? De borde ha varit i samma ålder. Hade han till och med varit en av dem

259

som retat henne så att hon fick sår för livet? Han hade ju inte varit så snäll mot alla, alltid. Kanske var han själv skyldig? Det var en tanke som började gro inom honom. Kanske var det han som egentligen skulle ha fallit offer för Linda Holmes inneboende vrede?

Sen ringde han upp Hasse Rislund för att berätta att de funnit den eftersökta kvinnan på Utö. Nu hade polisen ingenting att invända om de ville publicera det senaste meddelandet, förutsatt att de följde sina pressetiska regler. Bland annat måste han lova att ha tillstånd av Magnus Sjöholms och Axel Nilssons anhöriga innan det kom i tryck.

Som utlovat så bjöd han hela teamet på lunch på fiskrestaurangen nu när fallet var avslutat.

Det var en strålande vacker lördag och alla satt redan till bords på kajen under ett par parasoll. Öl och vin var redan serverat, där stod till och med en kall Nynäsöl och väntade på honom. Han kunde se Håkan, Linda, Maria och Patricia, och där var till och med Solidad. Mats stod lite på sidan om med en ung tjej.

Det måste vara hans flickvän, skall bli kul att träffa henne, tänkte Sten.

Malin och Artur skulle också ansluta.

De blev så många att han begränsade sin generositet till att bara gälla maten. Drickat fick de själva betala.

Men först skulle han ringa ett samtal som han tänkt på de senaste dagarna och som han var mycket nervös inför.

– Ja det är Alina.

– Hej Alina, det här är Sten, Sten Strand från polisen. Hoppas du kommer ihåg mig.

– Jo, det gör jag, sa Alina. Hur gick det med porträtten, var de till någon hjälp?

– Det är därför jag ringer. Jag vill tacka dig så mycket, det var till stor del tack vare dina porträtt som vi till slut kunde få tag i mördaren. Men det var en sak till, sa han lite tvekande. Får jag bjuda dig på middag i Stockholm i morgon? Du får välja mellan Ulla Winblad och Godthem på Djurgården.

– Da! Jag menar ja, det skulle vara trevligt ...

Epilog

Linda Holme, född Lövhage, överlevde sitt självmordsförsök på Bourbon och Calmoin tack vare att hon upptäcktes i tid och magpumpades av sjukvårdspersonalen på helikoptern som flög henne till SöS.

Hon dömdes senare som skyldig till de överlagda och planerade morden på Magnus Sjöholm och Axel Nilsson. På grund av allvarlig psykisk ohälsa blev påföljden sluten rättspsykiatrisk vård. Hon hamnade på Säter och där skulle hon bli kvar för lång tid. Kanske tjugo år eller mer, beroende på om hon någonsin skulle bli friskförklarad.

Andreas Stark, styrelsemedlemmen i Nynäshem, blev åtalad och dömd för att ha sålt hyresrätter vid sidan av den kommunala bostadskön. Han fick ett betydande bötesbelopp och sex månaders fängelse.

Maria Lundskog glänste i kvällspressen och i tv för en förtjänstfull insats. Sen tog hon maken med sig och reste till sonen Åke som bodde och arbetade i Saudiarabien. Det var ett besök som planerats långt i förväg eftersom visumprocessen är ganska besvärlig. Inga turister får komma in i det landet om de inte är muslimer och skall till Mecka. Otrogna, orena hundar får bara komma in för arbete eller om de skall besöka någon nära släkting som har uppehållstillstånd i landet.

Där, i den värsta hettan med uppemot fyrtio grader i skuggan, levde de en vecka innanför murarna på ett Compound för västerlänningar. De badade i poolen tidigt på mornarna och sent på kvällarna, när det inte var fullt så varmt. Under den värsta hettan mitt på dagen var de inomhus i den svala luftkonditioneringen och släckte törsten med sonens hemmagjorda starköl.

Hasse Risberg fick Stora Journalistpriset för sina tidiga avslöjanden om morden i Nynäshamn men också för de uppföljande reportagen om mobbning i skolan. Nynäspostens intressanta och gripande artikelserie blev mycket uppskattad och publicerades i en av de stora morgontidningarna. Hasse fick även erbjudande om att börja arbeta för den tidningen men tackade vänligt nej. Han var för gammal och tänkte redan på att gå i pension. Dessutom trivdes han utmärkt med sitt jobb på en landsortstidning i en liten stad där han var en lokal kändis i stället för en anonym storstadsjournalist.
Till detta kan nämnas att BRIS fick en ansenlig summa till sin verksamhet.

Sten Strand, fick äntligen några veckors semester. Den startade utmärkt med en middag tillsammans med Alina. Men det blir inget mer om detta i den här boken. Sten har dock inga planer på att byta karriär, så håll utik efter kriminalkommissariens kommande äventyr i Stockholms södra skärgård.

Persongalleri

Sten Strand, en 51-årig kriminalkommissarie med Södertörn som sitt ansvarsområde. Det bästa han vet är att vara ute med sin lilla båt i skärgården runt Nynäshamn. Med sig på båtturen har han gärna stekt inlagd strömming på knäckebröd och en god öl.

Maria Lundskog, polischef i Stockholms län. Hon är en barsk och bestämd 60-åring som gått den långa vägen inom polisen.

Håkan Krok, närpolis i Nynäshamn, det lokala teamets dataexpert. Änkeman sedan hans fru hastigt avled förra hösten.

Linda Stefano, ung ambitiös polis som bor i Stockholm men oftast är placerad i Nynäshamn. Snygg, trevlig och social men ändå väldigt hemlig med sitt privatliv.

Mats Dahlberg, en ung polisassistent med ambitioner. Vill helst vara tillsammans med sin flickvän vilket ofta krockar med oförutsägbara och obekväma arbetstider.

Solidad Persson, obducent och rättsläkare. Hon är träffsäker och ger alltid välgrundade utlåtelser.

Patricia Ljung, en kriminaltekniker från i Norrtälje men som har hela Stockholmsområdet som sitt ansvar.

Alina Petrovskaja, konstnär och framgångsrik porträttmålare av politiker och företagsledare. Hon är utbildad på konstakademin i Sankt Petersburg men bor sedan många år i Stockholm.

Hasse Rislund, chefredaktör på Nynäshamnsposten, en journalist av den gamla skolan och han ser lokaltidningarna som viktiga försvarare av det fria ordet.

Stefan Glans, en pensionerad ubåtskapten starkt engagerad i Sjöräddningssällskapet, ständigt beredd att rycka ut på räddningsuppdrag.

Andreas och Sofia. Sten Strands närmsta grannar och goda vänner.

Tussan, grannarnas hund som gärna smiter in till Sten Strand för en munsbit. Allt ätbart slinker ner, men helst av allt vill hon ha kanelbullar.

Nynäshamn, skärgårdsstaden i yttersta havsbandet, 5 mil söder om Stockholm.

Några karaktärer är tagna med kärlek från min närmsta vänkrets. Allt annat, förutom vissa miljöer, är helt påhittat. Så om du känner igen dig är du antingen en av mina närmsta vänner eller så är det en ren slump.